狼の嫁迎え

高尾理一

白泉社花丸文庫

狼の嫁迎え　もくじ

イラスト／沖銀《おきぎん》ジョウ

1

椎名《しいな》玲《れい》の心臓は破裂せんばかりに脈打っていた。

二十年の人生のなかで、これほど緊張したのは初めてかもしれない。

喉元《のどもと》が苦しくて無意識に手をやり、ネクタイに触れて自分の格好を思い出す、という行為を何度も繰り返している。

涼しげな夏素材のスーツにぴかぴかの革靴は、どちらも値の張るイタリアの高級ブランドらしい。

玲は服なんて着られればそれでいいというタイプで、ブランドどころか、揃えるべきアイテムすらわからなかったため、真神隼斗《まがみはやと》が諸事万端、整えてくれた。

隼斗は、一言で言えば玲の保護者である。

七歳年上の、陽気で頼り甲斐のある彼は玲の話をよく聞いてくれ、身の上に同情し、まるで兄のように接して気遣ってくれる。

日本を出てイタリアまで来られたのも、恥ずかしくない衣装を着て、この格式高いホテルに潜《もぐ》りこめたのも、すべて隼斗の尽力のおかげだ。

今このときも、隼斗は玲のために動いてくれているはずである。

椅子《いす》に座ってじっとしていることができなくて、玲は壁にかけられた鏡の前に立って自分の姿を映した。

「……せっかく買ってもらった服だけど、似合ってないな」

鏡に映る自分をまじまじと見て、そう評価を下す。

玲は日本人の父とロシア人の母を持つハーフで、双方が入り交じったエキゾチックな容《よう》貌《ぼう》をしている。黒い髪は父譲り、肌の白さは東スラヴ人のものだ。グレイの瞳もきっと、ルーツはロシアにあるだろう。

顔立ちは父には似ていないが、母に似ているかどうかはわからない。

父はエカテリンブルグで医師をしており、そこで母と出会って結婚し、玲をもうけた。幸せな生活は長くはつづかず、母は玲が二歳のときに、玲と父を置いて出ていったと聞いている。

それ以来一度も会わず、写真もなかったので、母の顔も声も匂いもまったく覚えていない。べつに知りたいとも思わなかった。

ロシアで生まれた玲は、八年前に日本に移り、今は東京で一人暮らしをしている。

文化の違いに戸惑った日本も、隼斗がいろいろ助けてくれたおかげもあって、慣れれば住みやすくていい国だと思えるようになった。

でも玲はいつか必ずロシアに帰ると決めていた。

母に捨てられた玲を受け入れてくれた、優しく温かいエカテリンブルグの仲間たちのところへ。

曇り空みたいな色の瞳が、鏡の向こうから玲を見返している。

小作りな顔に配置されたぱっちりした二重《ふたえ》の目と、ふっくらした唇は、非常に幼い印象を与えるらしい。

百六十三センチという低い身長も相俟《あいま》って、本当は二十歳なのに、十五、六歳の少年が背伸びして大人のスーツを着ているようにしか見えず、どこか滑稽《こっけい》だった。

似合いもしないこんな服、今すぐ脱いでしまいたかった。

ネクタイも靴も取り払って裸になり、ついでに人型という皮まで脱ぎ去って、玲本来の姿に変わりたい。

『おい、玲。俺が戻るまで、そのままでじっと我慢してろよ。首元が気になるのはわかるがネクタイには絶対に触るな、勝手に緩めるな。お前一人じゃ、直せないんだから。みっともない姿を見られて、恥ずかしい思いをするのはお前だぞ。わかったな』

部屋を出ていく前に、何度もそう念を押した隼斗の言葉が、脳裏《のうり》でこだました。

「……わかってる。そんなことしたら、隼斗に迷惑をかけるし、今までの苦労が水の泡になる。我慢しろ、我慢だ」

玲は鏡に向かい、誘惑に負けそうな自分を威嚇《いかく》するように歯を剝《む》きだしにした。

人間では持ちえない長く鋭い牙《きば》が、唇からにゅっと伸びた。喉元で鳴っているのは、人間には出しえない獣の唸《うな》り声。

こんな玲を人間が見たら、人の皮を被った狼《おおかみ》だと評するだろう。

それは、まさに正しい表現である。

玲は人狼《じんろう》という、人間とは違う種類の生き物だ。

人間社会で生きていくために人間の形を取り、人間のふりをしているけれど、玲が持って生まれた姿はこんなものではない。

薄っぺらい皮膚ではなく、気高い毛皮に身を包み、鈍い二本足ではなく、力強い四《よ》つ肢《あし》で疾風《しっぷう》のように地を駆ける。

狼の姿へ獣化するときの解放感は、言葉では言い表せない。

人間に比べれば桁違《けたちが》いに数は少ないが、人狼は世界中に存在し、人間に紛《まぎ》れつつ、それぞれ人狼族のコミュニティを築いている。

十二歳半ばでロシアから日本に連れてこられた玲は、関東一円を縄張りとする神名火《かんなび》という群れに受け入れてもらうことになった。

人狼の群れには明確な序列があり、知力や戦闘力に優《すぐ》れ、高い統率力を持つ最高位をアルファとし、その下にベータ、ガンマ、デルタとつづいていき、下位が上位に逆らうことは許されない。

順位は戦闘によって勝ち取るものでもあるので、入れ替わることもある。

隼斗は神名火のガンマで、玲の順位は下から数えたほうが早い。

人狼は満月の夜になると、狼に変身せずにはいられない強烈な衝動に駆られ、新月になると、逆にどんなに頑張っても獣化できなくなるものがほとんどだが、個体差が大きく、序列上位の人狼は満月期でも人型のままで過ごせる忍耐力、新月期でも獣化できる力を持っていて、しかもそれを完全にコントロールできる。

獣化能力があるのは基本的に純血種のみで、交配により少しでも人間の血が混じってしまうと、その子孫は狼にはなれない。

純血種の玲は、新月期でも難なく獣化できた。

というより、狼の姿でいたほうが肉体的に楽で、満月の前後を含む満月期には、獣化衝動が高まりすぎて人型に戻れないほどだった。

人狼族は獣形こそが本来あるべき姿だとする種族で、純血種は憧憬《しょうけい》の的《まと》である。

しかし、人間社会で人狼であることを隠しながら生きている以上、月に三日も人型に戻れない個体は異端でしかなかった。

人と狼の境界がつねに不安定な玲は、神名火のアルファである真神鋼《はがね》によって、群れの外へ出ることを禁じられている。

獣化衝動のコントロールは玲の課題だが、克服は不可能に近い。

理由もわかっている。

玲は人型になっていた母の胎内から、狼の姿で誕生した。

そして、七歳半ばまで一度も人型になることがなかった。

ロシアのウラル地方の伝承では、狼で生まれ、何年も狼で過ごしたのち人型になる人狼は、『戻り狼』と呼ばれ、狼の性質が強いという。

玲が人型の維持に苦慮し、月齢に関係なく狼に戻ろうとするのは、その生まれのせいだと思われた。

戻り狼は滅多《めった》に生まれず、日本に至っては存在が確認されたこともないそうで、狼に近い玲をどうすれば人間の性質に近づけられるのか、解決方法は見つかっていない。

鏡を睨んでいた玲は、部屋の外、廊下のずっと向こうでエレベーターが止まる音を聞きつけ、牙をしまって唸るのをやめた。

いよいよ待ち人が来るのかと、息を止めて気配を窺《うかが》う。

聴覚、嗅覚、動体視力、膂力《りょりょく》など、人狼は人間よりはるかに優れた力と感覚を持っている。人型では獣化しているときより若干鈍くはなるが、それでも人間の比ではない。

エレベーターから出てきた人は、玲がいる部屋とは逆方向へと向かっていった。

「……違う。サーシャじゃなかった」

緊張で止めていた呼吸を再開し、玲はひっそりと呟《つぶや》いた。

玲が心待ちにしている人の名前は、アレクサンドル・ニコラエヴィチ・ヴォルコフ。愛称、サーシャ。

ロシアの人狼で、玲が帰りたいと願う故郷、エカテリンブルグを縄張りにしているエリニチナヤという群れのアルファだ。

アレクサンドルと離れ離れになって、もう八年近くになる。

玲は一瞬だって、彼を忘れたことはない。一目でいいから会いたかった。

アレクサンドルの人間社会における肩書は新興財閥のトップで、実際にやり手の企業家らしい。

日本で暮らすことになったときに、玲はエリニチナヤの仲間たちとの接触を禁止されたので、そういう情報を調べて教えてくれるのは隼斗である。

隼斗は少し前に、アレクサンドルがイタリアのとある企業を買収するという情報を掴み、会合の場所であるこのホテルで、玲とアレクサンドルの再会のチャンスを作る計画を立ててくれた。

周囲の目を欺《あざむ》き、鋼さえも出し抜いて、二人は日本を出国し、イタリアに入国した。

玲と接触を禁止されているのはエリニチナヤ側も同じで、正攻法で面会を申し入れても、アレクサンドルは会ってはくれないだろうから、たとえ彼を騙《だま》すことになろうと、なんとかしてこの部屋に連れてくる方法を考えると隼斗は言っていた。

つまり、アレクサンドルは玲がここにいることを知らない。

玲を見たアレクサンドルの反応を考えると、心臓がどきどきする。

ルール違反はアレクサンドルのもっとも嫌うところだ。彼は玲を叱り、説教をするだろうが、それでも、本心ではきっと喜んでくれると玲は信じている。

エリニチナヤにいたころ、アレクサンドルの一番近くにいたのは玲だった。玲は一回り年上のアレクサンドルが大好きで、アレクサンドルも玲を特別に可愛がってくれた。

狼でしかいられなかった七歳半ばまでの玲も、人型に変わることを覚えた玲も。

『レイ。可愛い私のレーニャ』

優しいアレクサンドルの声を思い出し、玲は目を閉じた。

レーニャとは、アレクサンドルしか呼ばない玲の愛称である。

ロシア人は本名よりも愛称で呼び合う習慣があり、アレクサンドルならサーシャ、イリヤならイリューシャというように愛称形も決まっている。

ロシアにはレイという名前は存在せず、もちろん愛称形もないため、アレクサンドルが作ってくれたのだ。

もう一度、呼ばれたかった。一度と言わず、何度でも。

アレクサンドルのもとに帰りたくてたまらない。

「……っ」

エレベーターがまた止まり、玲は再び緊張した。

足音が近づいてくる。三人分の音だ。

一人は真神隼斗。

もう一人はアレクサンドルだ。彼の足音はよく覚えているし、絶対に忘れることはない。

残りの一人は、まったく知らない音だった。

鼻の利くアレクサンドルに匂いで勘づかれないよう、玲は入念にシャワーを浴びて体臭を薄め、さらに花から抽出したフラワーオイルをほんの少しつけている。慎重を期すために、ドアを開けても見えない位置に隠れておく。

足音が部屋の前で止まり、ノックもなくドアが開けられた。

三人が部屋に入ってしまってからも、玲は隠れたところから動けなかった。

会いたくてたまらなかったのに、いざそこにいるとわかると、頭のなかが真っ白になってしまった。

「……そこにいるのは誰だ」

先に異常に気づいたのは、アレクサンドルだった。

警戒心も露《あらわ》な不機嫌そうな声に、玲は我に返り、おずおずと前に出ていった。

アレクサンドルは玲のほうを向いて立っていた。

晴れた日の空みたいに青い瞳が、玲を捉える。

玲は言葉もなく、アレクサンドルに見惚《みと》れた。

彼と初めて会ったのは、玲が二歳、彼が十四歳のときだ。七歳半ばまで玲は狼だったが、狼の目で見ても、アレクサンドルの美しさは充分に理解していた。

玲の記憶は二十四歳のアレクサンドルで止まっている。

当時、彼はすでに大人で、離れたくないと泣きじゃくる玲を抱き締め、額《ひたい》と頰《ほお》に数えきれないほどキスをくれた。

そして今、三十二歳になった彼は年相応の落ち着きと威厳《いげん》を宿し、精悍《せいかん》で堂々とした立派なアルファになっていた。

アレクサンドルは玲のすべてだった。

なのに、電話で話すことも、手紙やメールでやりとりすることも禁じられ、玲は八年も彼なしで過ごさざるをえなかったのだ。

抑えつけていたいろんな思いが溢《あふ》れてきて、身体を動かす力に変わる。

「……サーシャ、サーシャ！」

玲は掠《かす》れた声で名を呼びながらアレクサンドルに駆け寄り、床を蹴《け》って飛びついた。

百六十三センチと小柄な玲が、百九十センチ近いアレクサンドルの首元にしがみつくには、そうするしかない。子どものころはもっと身長差があったので、抱きつくためのジャンプならお手のものだった。

金に近い銀の髪がふわりと揺れて、アレクサンドルの匂いが玲の鼻をくすぐった。

懐かしい匂い。

変わっていない。玲がこの世で一番好きで、安心できる匂いだ。

「会いたかった……！　会いたかった、サーシャ……」

日本にいる間、ほとんど使わなかったロシア語がするりと口から出てくる。

しがみついたまま、玲は人型であるにもかかわらず、狼のときのように顔から足から全身を使って、アレクサンドルに擦《こす》りつけた。

嬉しくて嬉しくて、そうせずにはいられなかった。

ぐるると喉まで鳴ったとき、ものすごい力で引き離され、縋《すが》るものをなくした玲はよろけて床に倒れこんだ。

なにが起きたのか理解できず、呆然《ぼうぜん》と見上げた玲の目に、冷たく強張《こわば》ったアレクサンドルの顔が映った。

礼儀知らずの見知らぬ他人を見るような顔つきだった。

「……サーシャ？」

冷ややかな表情のなかで、頑固《がんこ》そうに引き結ばれた唇が開く。

「お前は誰だ。私はお前など知らない」

傲然《ごうぜん》と言い放たれた言葉に、玲はうろたえた。

規則を破ったことを怒られるかもしれないと考えはしても、お前は誰だなどと存在を否定されるなんて、想像もしなかった。

突き放すような硬い声には、かつて玲をレーニャと呼んでくれたときに宿っていた甘さの欠片《かけら》もない。

「うそ……。なんで、なんで……？」

ふらふらと立ち上がり、アレクサンドルに向かって伸ばした手が、横合いからピシャリと叩き落とされる。

玲とアレクサンドルの間に立ちふさがったのは、まったく知らない男だった。

アレクサンドルからは一瞬だって目を離したくなかったけれど、正面に立たれてしまうと、無視もできない。

金髪に淡いブルーの目をした純血人狼が、いつでも牙を剝いて襲いかかれるよう、敵意を露《あらわ》にして玲を睨みつけている。

玲も受けて立ったが、睨み合った瞬間に、この雄《おす》がアレクサンドルの副官のベータだとわかった。

人狼同士は対峙《たいじ》すれば、互いの強弱がわかる。歴然とした階級社会で、無駄な戦いをすることなく生きていくために持って生まれた感覚だ。

「……っ」

狼の本能に支配され、玲は咄嗟《とっさ》に目を逸らした。強い雄に対し、敵愾心《てきがいしん》がないことを示す服従行為である。

所属する群れが違っても、下位が上位に逆らうことはあまりない。戦っても、負けが見えているからだ。

「下がれ。身のほどをわきまえろ」

よく斬れる銀の刃《やいば》を突きつけられたみたいに、玲の身が竦《すく》んだ。尻尾《しっぽ》を出していたら、股の間に挟みこんでいただろう。

ミハイル・オグルツォフはアレクサンドル率いる人狼族の群れ、エリニチナヤのベータで、人間社会では企業家として活動するアレクサンドルの個人秘書も務めている。

大富豪で経済にも政治にも影響力を持つアレクサンドルには敵が多く、ミハイルはまさしく、アレクサンドルの楯《たて》となり、剣となって身を惜しまず尽くし戦っていると、隼斗が調べて教えてくれた。

玲がアレクサンドルの群れを去り、入れ替わるようにミハイルが加わったそうなので、お互いに初対面である。

「ミハイル」

アレクサンドルがミハイルを呼んだ。絶対的存在のアルファと、アルファに服従を誓う下位の人狼たちは、愛称で呼び合うような気安い関係にはない。

しかし、名を呼ぶだけで、言いたいことのすべてを伝えられる信頼がある。

玲の胸が嫉妬《しっと》で焼けた。

エリニチナヤ生まれでない、よそ者の人狼が八年ほどでベータの地位につくのは、相当優秀な証拠だ。

玲にはベータになれるような力も才覚もないけれど、それでも、つねにアレクサンドルのそばに控え、頼りにされ、守ることができるミハイルが羨《うらや》ましかった。

「承知しました。次の打ち合わせの時間が迫っていますので、ここは私にお任せください。無礼な仔犬の躾《しつけ》は私がしておきます」

アレクサンドルに向けられたミハイルの言葉に、玲ははっとなって顔を上げた。

ミハイルの背後に立っているアレクサンドルは、玲に一瞥《いちべつ》もくれずに身を翻《ひるがえ》し、門番よろしくドアの前にいた隼斗の肩を摑み、強引に押《お》し退《の》けた。

アレクサンドルが出ていってしまう。

焦《あせ》りが玲の身体を動かした。

「ま、待って、サーシャ！　俺のこと、本当に忘れちゃったの？　俺だよ、レイだよ！　俺はサーシャのこと、一日だって忘れたことないのに……っ」

アレクサンドルを引き止めたくて、ミハイルの横をすり抜けていこうとした玲は、ミハイルに足払いをかけられ、また床に無様《ぶざま》に転んだ。

即座に飛び上がり、邪魔するミハイルをかわして駆けだそうとしたが、遅かった。アレクサンドルの背中が遠ざかり、無慈悲《むじひ》にドアが閉じられた。

「いやだ……！　待って、サーシャ待って！　お願い……！」

「いい加減にしないか！　あの方はお前を知らないと言っている」

玲の悲痛な叫びを、ミハイルが鋭い声で遮《さえぎ》った。

「そんなはずありません！　サーシャが俺を知らないなんて、絶対嘘だ……。彼ともう一度話をさせてください！」

玲は必死に言い募《つの》った。

念願だったアレクサンドルと再会できたのに、こんな展開になるなんて、悪夢を見ているようだ。

「私が信じるのは、我がアルファの言葉のみ。そして、それが真実だ。お前がなにを言おうと、覆《くつがえ》らない」

ミハイルはとりつくしまもなくそう言うと、片手で玲のネクタイの結び目を握り、隼斗のほうへと突き飛ばした。というより、投げ飛ばした。

玲の身体が一瞬浮いて、受け止めようとした隼斗の胸に激しくぶつかる。

「……っ」

隼斗と玲は同時に呻《うめ》き、よろめいた。

天使と見紛《みまが》うばかりの美貌を持ち、身長は隼斗よりも低く、ほっそりした身体つきをしているが、ミハイルのパワーは凄《すさ》まじい。

玲と隼斗が二人がかりで飛びかかれば倒せるかもしれないが、そんなことをしたら、余計にアレクサンドルの怒りを買うだけだろう。

「我々に二度と近づくな。それから、お前。この仔犬に会わせるために、我々を騙したな。然《しか》るべき罰を与えて反省と服従を促したいところだが、時間がない。今回だけは見逃してやる。二度目はないと思え」

厳しく言い放ち、ミハイルも踵《きびす》を返して部屋を出ていこうとした。

「あ、ま……っ、ん……！」

「玲、よせって！」

性懲《しょうこ》りもなく追いかけようとした玲を、隼斗が羽交《はが》い締《じ》めにして止めた。口を手でふさがれているのでしゃべれない。

うーうー呻いたが、ミハイルは振り返りもしなかった。

ドアが閉まっても、玲はしばらく隼斗に押さえこまれていた。

足音が遠ざかっていき、追いかけても無駄だとわかるほどの時間が経ってから、ようやく解放される。

「なんで俺を止めるんだよ！　止めるんなら、サーシャを止めてよ！」

「落ち着け、玲。あいつら、いったいなんて言ったんだ？　どういう話になった？」

「え……」

八つ当たりしていた玲は虚《きょ》を衝《つ》かれ、隼斗の顔をまじまじと見つめた。

「そんな顔すんな。俺はお前と違って、ロシア語は挨拶《あいさつ》程度しかわからないんだよ。口八《くちはっ》丁《ちょう》で嘘ついてあいつらをここに誘導してきたときは、英語を使ったし。かなり怒らせたことくらいは雰囲気でわかるが、詳細な流れを理解しないまま口を挟んでいいものか、判断できなかった」

たしかに、言われてみればそうだった。

玲はアレクサンドルと子どものころから一緒にいて気安く接しているけれど、隼斗は面識のない他国の群れのアルファとベータに楯つくことになるのだ。引き止めてくれなかったことを責める権利は、玲にはない。

それでなくても彼はすでに、重大な規則違反を犯している。

獣化コントロールが完璧でない玲は、本当なら国外どころか、群れの縄張りを出ることさえできない。神名火内部のごく一部でのみ生活し、アルファの鋼が許可したものとしか接触してはいけないと言い渡されている。

学校にも行けないため、監視役を兼ねた家庭教師として、鋼の従弟《いとこ》であり、ガンマでもある隼斗がつけられた。

隼斗はアレクサンドルと故郷を恋しがって泣いてばかりいる玲を憐《あわ》れんで、群れの絶対的存在で逆らうことなど許されないアルファが決めたルールを破ってまで、イタリアに連れてきてくれた。

日本に帰国すれば、玲はもちろん、隼斗にも罰則が科せられるだろう。

それでもかまわないと、隼斗は言ってくれた。罰といっても、殺されるわけではない。ちょっとばかり痛い目に遭《あ》ったって、玲の涙をこの先何年も見つづけるより、自分の心が楽になるからと。

「ごめん。ものすごく勝手なことを言った。隼斗は俺のためにいろいろしてくれたのに、怒ったりして……」

自己嫌悪してうなだれて謝る玲の頭を、隼斗はぽんぽんと軽く叩いた。

「それはかまわない。お前のサーシャはなんて？」

「……お前は誰だって。お前なんか知らないって、たったそれだけ。そんなの嘘だ。信じられない！」

「で、お前が取り縋ろうとしたら、あの忠実なベータが割って入ったわけか。最後の捨て台詞《ぜりふ》は、俺の狼の本能が理解した。よくも騙しやがって、次やったら嚙み殺すぞ、みたいな感じだったろ？」

玲はこくりと頷《うなず》いた。

「もう一回話をさせてくれって頼んだけど、二度と近づくなってけんもほろろで。そりゃ、離れ離れになって八年近く経ってるから、人型の顔は変わっただろうけど、匂いは同じだ。俺はサーシャの匂いがわかった。だって、ずっと一緒にいたんだから。なのに、なんで俺を知らないなんて、嘘をつくんだよ……！」

「玲……」

「俺をあんなに可愛がってくれたのに、嘘だ……嘘だ……！」

こみ上げる悲しみと悔しさ、やり場のないもどかしさを持て余し、玲は拳《こぶし》で腿《もも》を叩きながら呟いた。

2

二十年前、玲《れい》はエカテリンブルグで生まれた。

父の椎名祐一郎《しいなゆういちろう》は日本人で、エカテリンブルグの病院で医師として働いており、母のミラ・ダーシュコワは国立大学の大学生だった。学生結婚はロシアでは珍しくない。

人間に比べて繁殖力の弱い人狼族《じんろうぞく》は、純血同士でもなかなか妊娠しないものだが、ミラはすぐに玲を身籠《みごも》った。

人狼族の雌《めす》は、子どもを産むときでも病院にはかからない。月齢にもよるけれど、骨折も数時間で治ってしまう治癒力があるので、人狼の妊婦が出産時に危篤《きとく》状態に陥ったり、死亡したりすることは滅多《めった》になかった。

幸い、祐一郎は医師だったため、若いミラも安心して自宅で陣痛を迎えたが、かなりの難産なうえ、玲は赤ん坊らしいオギャーという泣き声をあげなかった。

人型を取っていた母から、狼《おおかみ》の姿で産まれてきたからだ。

二人は驚いたものの、初めての子の誕生を喜んだ。

人狼が獣化するのは当たり前のことだし、人型で産まれた赤ん坊も、いずれ満月期には狼に変身する。玲は逆パターンだが、新月期には人型になるだろうと二人は考えていた。

「人型の顔はどっちに似てるだろうな」

「あなたかもしれない。今のレイは、獣化したあなたによく似てるから。でも、少しくらいは私にも似てほしいわ。ねぇ、レイ。狼のあなたも可愛いけど、早く人型の姿をママとパパに見せてちょうだい」

このように、人型になったときの姿を想像するのが夫婦の楽しみだったが、一年経っても、玲は狼のままだった。

新月期にも獣化できる人狼は力がある証拠だとして、尊敬を得られるものだ。

しかし、いっさい人型に変われない人狼は話が違う。

それはもう人狼ではなく、山野に生きる狼そのものである。

用意していたベビー服が役に立つことはなく、玲を抱いて外に出ることもできない。我が子に首輪とリードをつけて犬のように散歩させるなんて、以《もっ》てのほかだ。

祐一郎が群れに属さないはぐれ狼で、ミラも祐一郎と結婚するために故郷の群れとのかかわりを断っていたため、仲間のサポートが得られないのもまずかった。

「レイが一生このままだったら、どうすればいいの。どうやって育てればいいの。……私はいったい、なにを産んでしまったの？」

我が子の状態を受け止められなかったミラは次第に精神の均衡《きんこう》を崩していき、祐一郎は妻の問いに対する答えも、慰めすら持っていなかった。

結局、ミラは玲が二歳の誕生日を迎えた翌日、夫と息子を捨てて、故郷のニジニ・ノヴゴロドへ帰ってしまった。

事情のわからない玲は母がいないのが悲しくて、昼も夜も母を求めて鳴いた。狼の声で。

鳴くなと言って理解できる年齢ではない。狼だって、母が恋しいのだ。

本当の狼の子なら二年ほどで成体になるが、玲の成長速度は人型の人狼の子と大差ないようだった。

アパートは賃貸で、周りの住人から苦情が来るし、玲を置いて仕事には行けない。休みつづけていれば、職を失う。

途方に暮れる祐一郎に手を差し伸べてくれたのが、エカテリンブルグを縄張りにするエリニチナヤという群れのアルファ、ニコライ・ヴォルコフだった。

群れの一人がたまたま玲の鳴き声を聞きつけて報告し、ただ事ではないと考えたニコライ自《みずか》ら、アパートまで出向いてくれたのだ。

十四歳の息子、アレクサンドルを伴って。

生まれて初めて見る両親以外の人狼に、玲は興味津々《きょうみしんしん》となった。二人の匂いを嗅いでまわり、前脚でちょんちょんと突いてみたり、慣れてくると甘嚙みしたりもした。

上下関係に厳しい人狼社会だが、まだ序列に加われない子どもには甘い。

ニコライとアレクサンドルは、はしゃいでいたずらする玲をあやし、取り合うようにして撫《な》でまわした。

祐一郎から玲の話を聞いたニコライは、驚いた様子もなくこう言った。

「レイはおそらく、戻り狼だろう。ここ、ウラル地方では狼の姿で生まれる人狼についての伝承がいくつか残っていて、その子は狼の性質が強く、戻り狼と呼ばれている。生後数ヶ月で人型になる子もいれば、生涯狼の姿で暮らす子もいるらしい」

「ロシアではよくあることなのですか？」

祐一郎の問いに、ニコライは首を横に振った。

「いや、私が戻り狼を実際に見たのは、レイが初めてだ。よその群れからも、戻り狼が生まれたという話を聞いたことはない。この子は稀有《けう》な存在だよ、間違いなく」

「普通に育ってほしいんです。このままだと、この子は話すこともできない。どうしたら、この子は人型になれますか？　伝承にあるという戻り狼は、どうやって人型になったんでしょうか」

「わからない。二百年ほど前に戻り狼がいたという記録があり、私も読んだことがある。それはおそらく作り話ではないと考えられているが、戻り狼の彼がどのようにして人型になったかということは記されていなかった。至急、戻り狼についての記録がほかにないか、仲間たちに探させよう」

「……お願いします」

解決策はないと聞いて、祐一郎ががっくりとうなだれた。

大人二人が深刻な話をしている間、玲はずっとアレクサンドルに遊んでもらい、ご機嫌だった。

アレクサンドルは人型のままではあったが、耳を狼に変え、尻尾《しっぽ》を出して玲の遊び道具にしてくれたのだ。彼の耳と尻尾は、彼の頭髪よりももっと白く、氷のように輝く銀の毛で被《おお》われている。

玲は低い体勢からジャンプして尻尾に摑みかかり、するっとかわされて、また飛びかかった。五回に一回くらいは捕獲を許され、甘く嚙んだり舐めたりし、美しい毛皮をよだれでべたべたにしてやった。

飽きもせず、三十分も遊びつづけたころには、アレクサンドルのもふもふした尻尾は玲がこの世で一番好きなものになっていた。

あまりにも楽しくて、歓喜の遠吠えが出そうになったときだけは、アレクサンドルが玲の口を片手で摑んで止めた。

「レイ、騒がしいのは駄目だ。近隣住人の迷惑になるからね」

赤ん坊に毛が生えたような玲には、彼の言葉の意味は明確には理解できなかったが、口をふさがれれば、要求されたことはなんとなくわかる。

生まれ持った狼の本能で頭《こうべ》を垂《た》れて恭順《きょうじゅん》を示したら、アレクサンドルは微笑《ほほえ》み、玲の口や鼻にキスしてくれた。

玲もアレクサンドルの口といわず、顔全体を舐めまわした。

「こら、舐めすぎだ」

とたしなめられた気もしたが、聞こえなかったふりをした。

玲はもう、アレクサンドルに夢中で、とにかく彼にじゃれつきたい気持ちを抑えられなかったのだ。

遊びに精を出す子どもの隣で、大人たちの話は進んでいた。

「今後の話をしよう。きみとレイは我々が保護したいと考えている。人型になれないレイが、このアパートで暮らすのは難しいだろう。ユウイチロウ、きみさえよければ、我が家のダーチャでレイを預かりたい。群れの仲間たちと面倒をみて、大事に育てると約束する。きみが息子に会いたいときはいつでも来てくれてかまわないし、週末にはレイと親子で過ごせるように配慮するが、どうかな」

ニコライの申し出に、祐一郎はしばらく迷っていたが、アレクサンドルと楽しそうに遊んでいる玲を見て、頷《うなず》いた。

玲を育てるには、誰かの手を借りなければ不可能だったし、ニコライの保護下なら、考えうるかぎり最高の環境である。

仕事をしなければならない祐一郎にとっても、庇護《ひご》され愛情を受けて不自由なく育つことが大切な玲にとっても。

その夜から、玲はヴォルコフ家のダーチャに引き取られた。

ダーチャとはロシアの都会に住む人々が、週末や休暇を過ごす郊外の別荘である。ロシア人の半数以上が所有し、富豪が持つ豪邸つきの高級ダーチャから、菜園を作り、家まで自分で建てる庶民的なものまでさまざまだ。

名門ヴォルコフ家のダーチャは敷地も広く、大きな屋敷の部屋数は三十以上もあり、屋敷の裏手には山もあって、玲は昼も夜も、満月期新月期に関係なく、全力で駆けまわることができた。

エリニチナヤの人狼たちはみんな、玲に優しかった。

ウラルの伝承では、戻り狼は群れに繁栄をもたらすとか、幸運の象徴だとか言われているそうで、玲の存在自体が歓迎されていた。

が、そんな伝承などなくても、可愛い盛りの二歳の仔狼が来れば、子どもを大事にする人狼たちがめろめろになるのは必然で、雄《おす》も雌も寄ってたかって玲の面倒をみたがり、玲は自分を捨てた母親や、週末にしか会えなくなった父親をさほど恋しがらずにすんだ。

これはのちのち、日本の神名火《かんなび》に来てから気づいたことだが、エリニチナヤには純血人狼しかおらず、人間との混血は存在しなかった。

純血種の数が日本に比べて多いためで、ロシアでは珍しいことではないらしい。

小規模であっても、純血人狼のみで構成された組織は無類の強さを誇る。

玲は新しくできた仲間たちを大好きになったが、なかでもアレクサンドルは別格だった。アレクサンドルもまた、仲間たちの誰よりも玲を可愛がった。

学生のアレクサンドルは都会の学校に通っていて、週末にしかダーチャに来られない。アレクサンドルが来ると、玲は彼にくっついて一瞬だって離れなかった。トイレにもついていくくらいで、仲間たちには笑われ、「世界で一番可愛い私のストーカー」というあだ名をアレクサンドルからもらった。

しかし、ついていかずに部屋で待っていたら、アレクサンドルが少し機嫌を損ねることを玲は知っている。

新月期にも獣化できるアレクサンドルは、玲が寂しくないように、滞在中はできるだけ狼の姿でいるようにしてくれ、玲と一緒に裏山を駆けまわり、川の水を飲んで休み、毛づくろいをしてくれた。

玲にとって、至福のときだ。これがあるから、彼のいない平日を乗りきれる。

父の祐一郎も週末には玲に会いに来て、それはそれで嬉しかったが、玲はアレクサンドルといるほうが楽しくて、父とアレクサンドルが同時に手を差しだせば、必ずアレクサンドルを選んだ。

玲は狼のままますくすく育ち、ヴォルコフ家のダーチャで暮らし始めて五年半が過ぎたとき、玲の身体に異変が起こった。

その日の夜は新月で、ダーチャにはアレクサンドルと祐一郎、普段から食事の世話をしてくれるオーリャおばさんと、アレクサンドルにつづく第二の遊び相手である陽気なニーカが来ていた。

いつものようにアレクサンドルと二人で山を走ってきてから屋敷に戻り、居間でみんなと団欒《だんらん》していると、大学生のアレクサンドルの交遊関係の話題になった。

「サーシャはどこでもよくモテるよ。こないだ連れてたのも、すごい美人だった。サーシャばっかりいい思いをして、羨《うらや》ましいぜ」

アレクサンドルよりひとつ年上のニーカは、同じ大学に通っているので事情に詳しい。

「サーシャばっかりって、当たり前だろ。サーシャはロシア一のハンサムなんだから。羨ましがる前に、鏡で自分の顔を見てきなよ、ニーカ」

オーリャがずけずけ言うと、みんなが笑った。ニーカは狼のくせに、熊みたいな容姿をしているのだ。

玲はアレクサンドルが座るソファの足元で、前肢に顎《あご》を乗せて不貞腐《ふてくさ》れていた。

こういう話が、玲は大嫌いだった。大好きなアレクサンドルが、玲だけのものではないと思い知らされるからだ。

成長するにつれ、子どもだった玲にも、アレクサンドルには人型としての生活や、狼の玲には入ることが許されない世界があると気がついた。

父にもオーリャにもニーカにも、彼らの人型の世界がある。

だが、玲にはこのダーチャで暮らす世界しかない。訪れる人を、待つだけの日々だ。

できるなら、ストーカーの本領を発揮し、アレクサンドルにくっついて大学というところへ行き、彼の友人たちを威嚇《いかく》してまわりたかった。

とくに、アレクサンドルの身体にいやな匂いをつける女というものには、我慢ならなかった。はじめてそれを嗅《か》いだとき、玲はアレクサンドルから飛び離れ、鼻に皺《しわ》を寄せて唸《うな》って怒ったものだった。

エリニチナヤの若い雌たちも、独身で強いアレクサンドルにちょっかいを出すことがあったが、玲が怒ると雌たちは引いてくれたし、アレクサンドル自身も明確に拒んでいたから、油断していた。

まさか、同族でもない人間の女がアレクサンドルに匂いをつけるなんて。

玲の不機嫌に気づいたアレクサンドルは、それから注意するようになったが、玲の鼻も鋭すぎるほどに鋭い。

アレクサンドルが誤魔化《ごまか》そうとしたり、お土産《みやげ》で玲の機嫌を取ろうとすることにも腹が立って、何度か彼を本気で噛んだことさえあった。

玲がこんなにいやがっているのに、アレクサンドルはそれをやめてくれない。

悔しかったし、悲しかった。

それまでも、人型になりたいと思うことはあったが、この件でいっそう強く願うようになった。

「それにしても、お前は黒髪の女の子が好きだよな、サーシャ」

ニーカがそう言ったとき、玲は耐えきれずに唸った。

そんな話は聞きたくない。アレクサンドルが黒髪の美人に触れて、黒髪の美人がアレクサンドルに触れるところなんて、想像したくない。

いやだった。アレクサンドルは玲だけのものであってほしい。

誰にも譲《ゆず》りたくない。

「お、なんだレイ。一丁前《いっちょうまえ》に焼きもちか？　お前はサーシャが大好きだもんな」

ニーカの軽口に、牙《きば》を剝《む》いて応じる。

なんだか、身体がおかしかった。気持ちがむかむかしているのもあるが、全身がざわめいて、力が入らない。

そのうち苦しくなってきて、クゥッと鳴いたら、アレクサンドルが絨毯《じゅうたん》の上に跪《ひざまず》き、玲の身体を膝《ひざ》に抱いてくれた。

「どうかしたのか、レイ？　苦しいのか？　どこか痛いところがあるか？」

アレクサンドルの問いにも答えず、丸くなって震えている玲を見て、祐一郎も慌てて駆け寄ってきた。

「玲、どうした？　気分が悪いのか？」

話しかけられても、玲は人間の言葉で返事をすることはできない。目と耳、鳴き声、態度で知らせるしか方法がない。

そんな自分がもどかしかった。

仲間たちは玲と難なくコミュニケーションを取れるし、不都合を感じることは少なかったが、話せるに越したことはない。

玲の震えはいっそう激しくなり、身体にも激痛が走った。

骨が軋《きし》み、皮膚が伸び、肉が歪《ゆが》む。全身がばらばらになってしまいそうだ。頭も割れるように痛い。

口々に玲を心配する声が、不意《ふい》に途絶えた。

なにが起ころうとしているのか、彼らは悟りつつあった。

玲だけがわからないまま異変に翻弄《ほんろう》され、ひしゃげたような喉《のど》から苦痛の唸り声をあげつづけた。

肉体が自分のものではなくなっていく気がする。

のたうちまわる身体を、アレクサンドルがしっかりと抱いていてくれた。

我慢できずに、引っ掻いたり、噛みついたりしたけれど、アレクサンドルの腕は玲を離さない。

長い時間苦しんで、ようやく痛みが去ったとき、玲は毛皮を脱ぎ捨て、二本足で歩く人型へと変身していた。

「レイ、レイ……！」

自分を呼ぶアレクサンドルの声に、玲は閉じていた瞼《まぶた》をそっと開けた。

目の前には銀髪の美しい男が、食い入るように玲を見つめている。

アレクサンドルの正面には父が、さらにその左右にはオーリャとニーカがいたが、玲の目はアレクサンドルだけを捉えていた。

視力が悪くなり、鼻も利《き》かず、耳も遠くなったようだ。それに、寒い。唸ろうとして、喉の感じが違うことに気がついた。

はっと思い至り、自分の身体を見下ろせば、見慣れた毛皮はどこにもなく、白い肌をした人型の身体がある。

玲はもう一度、アレクサンドルを見上げた。

「……驚いた。お前はこんな姿に変わるんだな。人型のお前の姿を何度も想像していたが、想像よりずっと可愛くて綺麗だ」

人型の耳で聞くアレクサンドルの声が、頭のなかに沁《し》み渡《わた》った。

「玲、やっと、やっとお前も人型に……！」

「なんて可愛い子だろう！」

「黒髪だったのか」

祐一郎とオーリャとニーカもそれぞれが涙ぐんでいろいろ言っていたが、玲はひたすらにアレクサンドルだけを見つめていた。

ついに、念願だった人型になれた。これで、言葉を使ってアレクサンドルと話すことができる。

「は、は、あー、あ……」

息を吸い、慣れない喉で音を出す。最初は掠《かす》れた声しか出なかったが、何度か試すうちにこつがわかってきた。

全員が固唾《かたず》を呑《の》んで見守るなか、玲は初めての言葉をしゃべった。

「……サーシャ。サーシャ、サーシャ」

アレクサンドルの青い瞳が潤んだ瞬間、玲は彼に強く抱き締められた。

今の玲には、抱き返せる二本の腕がある。ぎこちない動きでアレクサンドルの背中に両腕をまわし、逞《たくま》しい胸に顔を埋《うず》めて匂いを嗅いだ。

狼でも人型でも、感じ方は変わらない。玲の大好きなアレクサンドルだ。

「サーシャ、サーシャ。だいすき」

拙《つたな》く呟《つぶや》けば、抱擁《ほうよう》はいっそう強くなり、身体が痛むほどだった。だが、それさえも嬉しかった。

「玲、お父さんだよ。お父さんもここにいるぞ……！」

思わず零れた祐一郎の悲しい呟きに、オーリャとニーカが噴きだした。

笑いは全員に広がり、アレクサンドルは気を使って玲を祐一郎に渡そうとしたけれど、玲がアレクサンドルから離れなかった。

オーリャとニーカは笑いすぎて死にそうになっていた。

しょんぼりしている父には悪いと思う。父の愛情を、玲は疑っていない。

しかし、玲が人型になりたいと願ったのはアレクサンドルと一緒にいたいがためだから、彼との触れ合いを邪魔しないでほしかった。

もう少し落ち着いたら、父とも話したいが、今はまだ、薄くて敏感な人肌でアレクサンドルの温《ぬく》もりを感じ、幸せに浸《ひた》っていたかった。

玲が人型に変われたことは、すぐにニコライと群れの全員に通達《つうたつ》され、みんなかわるがわるダーチャに来て、人型の玲と話をしていった。

アルファのニコライとベータのヴァシーリィも、玲の成長をとても喜んでくれた。

父親世代の二人は、トップとナンバー2であるのをいいことに、玲を独占してかまい倒し、ガンマのアレクサンドルを著《いちじる》しく不機嫌にさせ、苦虫を噛みつぶしたような顔をしているアレクサンドルを見て、オーリャとニーカがまた爆笑した。

玲はその後三日間人型で過ごし、四日目には狼に戻った。もっと人型でいたかったが、獣化衝動を抑えられなかったのだ。

週末だけダーチャに来ていたアレクサンドルは、都会の自宅へは戻らず、ダーチャから時間をかけて大学へ通うようになった。

一日も早く、玲に獣化コントロールを身につけさせるためと、年相応の勉強をさせるためである。

言葉を聞き取り、話すことに問題はなく、ロシア語はもちろん、父が使う日本語も玲は理解できた。

思いもかけず、アレクサンドルが一緒に暮らし、家庭教師をしてくれるようになって、玲の毎日はバラ色といっても過言ではなかった。

言葉によるコミュニケーションは、考えていた以上に素晴らしかった。玲が話しかけると、どんなにつまらないことでも、アレクサンドルは必ず相手をしてしゃべってくれる。

会話以外にもお楽しみがあり、玲のお気に入りは、両腕でしっかりとアレクサンドルに抱きつき、柔らかい手のひらで銀の髪を撫でまわすことだった。

手のひらには、土を踏みしめる肉球とはまったく違った感覚がある。

アレクサンドルが好きなようにさせてくれるので、玲はべたべたと触りまくった。

「手のひら、すごい。サーシャの髪、サーシャの肌。こんな触り心地、初めて。すごいね、手のひらすごいね！」

「そうだな。人型のとき、ほかの人にはこんなことをしてはいけないよ。膝に乗ったり、狼みたいに舌で顔を舐めたりするのも駄目だ。その代わり、私にならどれだけ触っても舐めても、なにをしてもかまわない。約束できるな？」

「できる。サーシャだけにする。……サーシャも俺だけがいい。だめ？」

言われなくても、玲はアレクサンドル以外の人を触ったり舐めたりしたいと思わないが、アレクサンドルが玲以外の人に触られたり舐められたりするのはいやだった。

これまで散々《さんざん》不快にさせられた女の匂いを思い出して顔をしかめると、アレクサンドルは苦笑し、玲をなだめるように鼻のてっぺん同士を擦《こす》り合《あ》わせた。

「私もお前だけだ。約束するよ」

だから、早く大人になりなさい、という微《かす》かな呟きは、喜びで有頂天《うちょうてん》になった玲の耳には届いていなかった。

人型の生活は玲の世界を広げたが、獣化コントロールは難しく、人型になれる日のほうが圧倒的に少ない。

しかも、人型に変身するときは時間がかかり、かなりの苦痛がある。アレクサンドルとのバラ色の生活がかかっていなければ、玲はとっくの昔に挫《くじ》けてしまっただろう。

だが、その苦痛も、一年後には多少改善された。

父の祐一郎が、ニコライの協力を得て入手したロシアの人狼に関する文献を読みあさり、獣化を抑制する効果のあるハーブを調合してくれたのだ。

それを煎《せん》じて飲むと玲の身体はぐっと楽になり、人型での活動時間を徐々に延ばしていき、ついに満月期を除けば、終日人間の姿で過ごすこともできるようになった。怒ったり泣いたり、感情的になると狼に戻ってしまうとはいえ、かなりの進歩である。

人型のまま安定しているときは、アレクサンドルが住む都会の家に連れていってもらったり、街中を散歩したりした。

服を着て、靴を履き、二本足で歩く。目にするものすべてが珍しく、隣にはいつもアレクサンドルがいて、玲を見てくれている。

万が一にもはぐれることがないよう、しっかり手を繋《つな》いで。

ご機嫌な玲の足取りは、弾むように軽かった。

「お前が楽しそうにしていると、私も楽しい。お前の望むことはすべて叶えてやりたい。私のレーニャ」

レーニャ。

アレクサンドルがつけてくれた玲の愛称だ。彼はその名を、玲と二人きりのときしか囁《ささや》かない。

まるで、それがとても大事な二人だけの秘密であるかのように。こっそりと耳元で囁かれると、玲の全身は熱したバターのように蕩《とろ》けそうになる。

玲は仲間の誰からも、ロシア人お得意の愛称をつけられたことはなかった。

戻り狼だから、というのが理由である。それは信仰と変わりないレベルで、幸運の象徴を気安く愛称で呼ぶのは、なんとなく憚《はばか》られるものらしい。

そのわりに、玲の扱いは普通の仔狼や子どもに対するものと同じで、いたずらをすれば遠慮なく叱られたし、いいことをすれば褒《ほ》められ、ご褒美《ほうび》をもらった。

たてまえとやっていることがちぐはぐだが、きっとウラル地域に住むロシア人狼族にしかわからない微妙ななにかがあるのだろう。

玲自身は、自分を特別な存在だとは思っていない。

望んで狼のまま生まれたわけでもなく、群れの一員としてなんの働きもできていないし、人型にも変身しづらいことから、みんなに迷惑ばかりかけている。

玲はヴォルコフ家のダーチャに引き取られてから、ひとりぼっちになったことが一度もなかった。狼だったころは、仲間がいて遊んでもらえるのがひたすらに嬉しいだけだったが、人型になることを覚えてからは、違う理由が見えてきた。

優しい仲間たちは、不安定な玲を一人にするのが心配なのだ。誰かがついていて、玲が困ったときには真っ先に手を差し伸べられるよう、つねに見守ってくれているのである。

それは玲にとって、非常にありがたいことだった。俺は一人でも大丈夫だよ、なんて口が裂けても言える状態ではない。

役立たずで頼りない自分が情けなくて落ちこむ玲を、慰めてくれたのはアレクサンドルだった。

「余計なことを考えるな。お前はただ、ここにいるだけでいい。なにもしなくていいし、なにかしなければいけないと考える必要もないんだ。私たちには、お前の笑顔がなによりの癒《いや》しになる」

「でも、俺だって群れの役に立ちたい」

「もう立っている。お前のおかげで、群れの結束力がかつてないほど高まっている。喧嘩《けんか》も少なくなった。たとえば、血の気の多いニーカは、満月期になるとやたらと凶暴になって、誰彼かまわず喧嘩を売るから、檻《おり》に閉じこめておかないといけないこともあった。私たちは彼を持て余していた。それが、お前が来た途端におとなしくなった。子どもの無邪気な目を見て、自分を律することを覚えたわけだ。綺麗な満月が浮かんでいるからといって、頭のおかしい狼みたいに暴れまわる必要はない。空に月があろうとなかろうと、私たちの根元は理知的で気高い狼なのだと、お前の存在が教えてくれた」

「俺も満月の夜は暴れまわってるよ」

「お前は走りまわっているだけだ。誰よりも速く、しなやかに。オーリャも変わった。彼女は新月期にも獣化できる力があるのに、満月期以外には極力狼にならなかった。自分の毛皮が大嫌いで、誰にも見せたくなかったらしい。好みは人それぞれだが、一般的に見てオーリャの毛皮は美しいとは言いがたいからな」

「えっ、俺は可愛いと思うけど」

玲は驚いて言った。

狼のオーリャは黒茶白のトライカラー、顔と四肢《しし》に斑模様《まだらもよう》のある特徴的な毛皮を持っていて、黒単色の玲には、三色混じって斑まであるそれがとても可愛く見える。

「お前がそう言って懐いてきてくれるから、大嫌いだったカラフルな毛皮を受け入れられるようになったらしい。レイ、お前はまだ小さいのに仲間思いで、こんなに優しい。お前を見ていると、人狼であることの誇りを強く感じる。これ以上、お前に望むことなどない。お前と出会えたことを、私がどれだけ感謝しているか」

アレクサンドルに抱き締められると、玲は安心しきってしまい、なにも考えられなくなってしまう。

彼がいいと言うなら、それでいいと思えた。アレクサンドルの懐《ふところ》は世界で一番安全で、もっとも居心地《いごこち》のいい玲だけの場所だ。

玲はこの幸せな生活が、ずっとつづくのだと信じていた。

衝撃の報《しら》せは、玲が十二歳のときにもたらされた。

ニコライの命令により、縄張りの警備に出ている以外のすべての仲間たちがダーチャの屋敷に集められ、祐一郎と玲も加わった。

物々しい雰囲気に怯《おび》え、なにが起こるのかわからないでいる玲の肩に両手を置いて、祐一郎が苦しげに告げた。

「玲。突然だが、お父さんとお前は日本に帰ることになった。お父さんが日本人だということは知っているな？　俺ははぐれ狼になってロシアに来たが、もとは日本の神名火という群れにいたんだ。俺たちはそこへ移る。これはお前のためでもあるし、エリニチナヤの仲間たちのためでもあるんだ」

「……え？　なに言ってるの？　俺はここにいるよ。サーシャとずっと一緒にいるって約束したんだ。日本に帰るなら、父さんだけで帰ってよ」

玲は父が冗談を言っているのだと思いたくて、ぎこちなく笑みまで浮かべ、わざと生意《なまい》気《き》な言い方をしたが、祐一郎の顔はいっそう苦しげに歪んだ。

無意識にアレクサンドルを探し、父の手を振りきって彼のもとへ行こうとした玲の前に、今度はニコライが跪いた。

「私から話そう。レイ、よく聞きなさい」

アルファの言葉は絶対である。玲は仕方なく、そこに留《とど》まった。

「お前も戻り狼の伝承を聞いたことがあるね？　幸運を呼ぶとか、群れが繁栄するとか、ウラル地方にはさまざまな伝承がある。そのなかに、七歳まで狼だった戻り狼は特別な力を持っているという記録があった。その戻り狼の血を飲めば病《やまい》や怪我《けが》が治り、牙を削ったのを舐めれば寿命が延び、剝《は》いだ毛皮を被《かぶ》れば人間も狼になれる、というものだ」

血を飲めば、のところで玲は顔をしかめ、牙を削ったのを、のところで唇をぎゅっと引き締め、剝いだ毛皮を、のところで全身を縮めた。

「本当かどうかはわからない。それは二百年近く前の記録で、戻り狼は滅多に生まれないし、七歳で人型に変わる戻り狼はさらに希少だ。伝承が真実かどうかは、戻り狼を使って実験しなければわからないんだ」

「……っ！」

「お父さん。レイはまだ十二歳です。必要以上に怖がらせないでください」

真っ青になって震え上がった玲を見て、アレクサンドルが鋭く抗議した。

「怖がってもらわなければ困るんだ。レイ、私たちはもちろん、お前を使って実験しようなんて考えていない。私たちは寿命を恐れないし、人狼の完璧な肉体は病を寄せつけず、怪我の治癒力も高い。お前の毛皮がなくても、私たちは人型にも狼にもなれる。純血人狼に戻り狼の力は必要ない。では、必要とするのは誰か、わかるかね？」

「……に、人間、ですか？」

「半分正解だ。人間もそうだが、もっとも危険なのは、人狼と人間の血を引く混血たちだよ。エリニチナヤには純血人狼しかいないから、わからないかもしれないが、純血人狼が人間と結婚して子どもを作れば、その子は人間の血が混ざった混血になる。混血は狼に獣化できないんだ。彼らの獣化への憧《あこが》れは、我々の想像を絶する。狼に変わる手段を手に入れるためなら、なんでもするだろう。レイ、お前は我々の大切な仲間だ。我々はなにがあってもお前を守るが、まずは危険から遠ざけるのが一番だという結論に達した」

自分が狙われる可能性があるのだとようやく理解して、玲は愕然《がくぜん》とした。

だが、実感は薄い。

アレクサンドルに連れられて都会を散歩したことはあっても、玲はほとんどダーチャの敷地から出ないし、身の危険を感じたことは一度もない。伝承なんて、おとぎ話と変わらないものを信じている群れの仲間たちが、心配しすぎなのだと思えた。

なにかを言いたくて、でもなんと言えばいいのかわからなくて、口をもごもごさせている玲に、ニコライが決然と言った。

「幸い、日本には戻り狼の伝承はないそうだ。よからぬやからを引き寄せるから、言いふらすつもりはないがね。神名火のアルファとの話し合いはすんでいる。レイとユウイチロウは日本に帰る、これは決定事項だ。私に逆らうことは許さない」

玲は呼吸をすることも忘れ、視線だけでアレクサンドルを探して見つめたが、彼は苦しげな表情を向けるばかりで、玲が求めている言葉を言ってはくれなかった。

そのときから、怒涛《どとう》のように物事が動き始めた。

興奮して暴れださないよう、獣化抑制のハーブを多めに与えられた玲は、非常に眠く、意識朦朧《もうろう》としており、アレクサンドルはもちろん、誰ともまともに話ができる状態ではなかった。

別れの日は移動があるのでハーブが減らされ、少しはっきりしてきた頭で別離を理解し、号泣した。

過呼吸を起こしかけている玲を、アレクサンドルは十分間だけという約束で別室に連れていき、抱き締めてあやしてくれた。

そして、玲にしか聞こえない声で囁いた。

「レイ、私のレーニャ。私だってお前を手放したくないが、仕方がないんだ。必ず私が迎えに行くから、待っていてくれ。今は状況が難しい。私が迎えに行くと約束したことは、誰にも言ってはいけないよ。私を信じて、おとなしく待っていなさい。できるね？」

「……ん」

今、離れることが前提での、迎えに行くという約束は、玲にはまったく魅力的に思えなかったけれど、ここでは頷く以外の選択肢はなかった。

涙は止まらず、渾身《こんしん》の力でアレクサンドルにしがみつく。離れたくない、離れたくないと、全身で訴えた。

あっという間に十分が過ぎ、玲はアレクサンドルから引き離された。彼とはここでお別れなのだ。

先ほどの魅力的でない約束を彼がしてくれていなかったら、無理にでも獣化して、力尽きるまで暴れていたかもしれない。

玲はヴァシーリィに連れられ、祐一郎とは別々のルートで空港まで送り届けられた。フードを被って顔がわからないようにし、名前も偽名で通すように言われ、パスポートも偽名で作られていて、まるで犯罪者が国外に脱出するみたいだと思った。

到着した日本の空港では、神名火のベータとガンマである狩野《かりの》と隼斗《はやと》が迎えてくれ、二人にガードされて真神鋼《はがね》の屋敷に連れていかれた。

鋼は弱冠二十歳ながら、前アルファからトップの座を勝ち取ったばかりの若いアルファで、自信に満ち溢れて威風堂々《いふうどうどう》としており、緊張している祐一郎と玲を歓迎してくれた。

祐一郎は前アルファの時代に黙って神名火を飛びだし、ロシアへ移住したはぐれ狼だが、逃げた人狼が古巣へ助けを求めたことにわだかまりはないようだった。

「玲、お前は今日から俺の群れに入る。俺の命令に従わなければならない」

「……はい」

鋼の言葉に頷いたものの、玲のアルファはニコライだけだった。そして、別離に嘆《なげ》く玲の頭のなかには、アレクサンドルしかいない。

望んで来たわけでもないのに、昨日の今日で、そう簡単には切り替えられない。

けれども、鋼はアルファの声音《こわね》で玲に命じた。

「今後、エリニチナヤの人狼たちとの接触はいっさい禁じる。電話もメールも手紙も駄目だ。これはニコライと俺とで決めたことだ。エリニチナヤ側も、お前との接触を禁じられている。ほかにもあるが、それはおいおいに対処しよう。故郷は懐かしいだろうが、神名火もそう悪くはない。お前がこちらに早く慣れるよう、協力は惜しまない」

「ありがとうございます。感謝いたします」

礼を言ったのは、祐一郎だった。

鋼と祐一郎が話をしている隣で、玲は自失するというより、燃え尽きた灰のようになっていた。

戻り狼がロシアにいると危険だから、日本に行かされたのは理解していたが、いっさい接触禁止だなんて聞いていない。

こんなことなら、石にかじりついてもロシアから出るんじゃなかった。

そう思ったが、なにもかもが遅かった。

3

「やっぱり、おかしい！　サーシャが俺を忘れるなんて、絶対にありえない！」

玲《れい》は部屋のなかをうろうろしながら叫んだ。

とりあえず、自分たちが宿泊する部屋に戻り、隼斗《はやと》と二人で先ほどのアレクサンドルの態度について話し合うことにしたのだが、なにをどう考えても納得できなかった。

だって、アレクサンドルは別れの日、玲を必ず迎えに行くと言ってくれたのだ。誰にも言うなと言われていたから、隼斗にさえ言っていないが、あの約束があったから玲は今まで待つことができた。

しかし、なんの音沙汰《おとさた》もないまま八年も経つと、待つのも限界になってきて、会いに行ったら、この始末だ。

「ああ。人間ならともかく、人狼《じんろう》が十年一緒に暮らしてた相手を、八年離れてたくらいで綺麗さっぱり忘れるわけがない。なにか理由があるんだろうな。知らないってことにするしかない理由が」

「どんな理由？」

ソファにどっかりと座っている隼斗が、両手を上に向けてお手上げのポーズをした。

「俺にわかるかよ。わかってたら、もうちょっとうまくやったさ。日本とロシアは近くて遠い国だ。ロシアの人狼族の情報なんて、探したっておいそれとは見つからない。鋼《はがね》なら知ってるんだろうが、訊《き》いて教えてくれるやつじゃないしな」

「俺のことなんだから、教えてくれたっていいのに。ロシアに帰った父さんとも連絡は取れないし、みんなバラバラになって理由もわからないなんて、あんまりだ」

玲はむっとして、不満を口にした。

八年前、ニコライと真神《まがみ》鋼の間で、どのような話し合いがもたれたのか、玲はいまだに知らない。神名火《かんなび》側で事情を把握しているのはおそらく鋼と狩野《かりの》だけだと思われるが、二人の口は堅かった。

祐一郎《ゆういちろう》は日本に来て三ヶ月ほど玲と一緒に暮らしていたものの、玲が神名火での生活になんとか慣れ、隼斗たちの助けを借りれば今後もやっていけそうだとわかると、ロシアに帰った。帰る必要があった。

玲に処方している獣化抑制のハーブの一部は、ロシアでしか手に入らない。今まではエリニチナヤを通して入手していたものを独自のルートで仕入れ、祐一郎自《みずか》ら処方し、宛先や送り主を巧妙に偽装して玲のもとへ送るためだ。

エリニチナヤとの接触禁止を言い渡されているのは祐一郎も同じなので、はぐれ狼として一人で暮らしているはずだった。

定期的に神名火に届くハーブが父生存の報《しら》せであり、そこには息子へのメッセージひとつ入っていない。

祐一郎が仕入れているハーブを必要としているものは誰なのか、というところから、玲にたどり着く可能性もあるので、祐一郎と玲が親子であることは隠し、接触も徹底的に避けるべきだと説明されている。

神名火内部でも、玲の出自《しゅつじ》を知っているものは純血種上位の人狼に限られていた。

「椎名《しいな》先生も可愛い息子と離れ離れでつらいだろうよ。だが、そこまでして守らないといけない存在なんだな、戻り狼ってのは」

「守ってくれるのはありがたいけど、なにも話してくれないのはいやだ。俺だって戦えるし、足手まといになるなら、安全なところでおとなしくしてる。どんなことでも納得できるように話してくれれば、俺はちゃんと言うことを聞くのに」

「お前の気持ち、俺はわかるぜ。情報も与えず、頑丈《がんじょう》な箱のなかにひたすら大事にしまいこまれても、箱の外が見えないと余計に不安になるよな」

「隼斗……」

玲は隼斗のそばにとことこ寄っていって、隣に腰かけた。

隼斗だけが、玲のことをよくわかってくれている。肩を抱き寄せてくれる腕は力強く、頼りになる兄のようだ。

家庭教師を兼ねた後見人が隼斗でよかったと、玲はいつも感謝している。

彼は日本に来て鬱々《うつうつ》としていた玲にアレクサンドルのことや、エリニチナヤの仲間たち、ロシアでの暮らしについて話をさせ、よく聞いてくれた。

そして、アレクサンドルに会いたいと泣く玲のために、鋼には黙ってロシアの情報を集めて教えてくれるようになった。いかにアレクサンドルが用心深くとも、人間社会で企業家として生きている以上、活動状況を完全に隠すことはできない。

相当な無茶を通してまで、イタリアでの再会計画を立ててくれたのは、玲の心がアレクサンドルを待ちくたびれて疲弊《ひへい》しきっていることに気づき、このままではいけないと思ったからだろう。

玲は喜び勇んでその計画に乗り、アレクサンドルに会いさえすれば、これまで滞《とどこお》っていたすべての物事が解決するのだと思いこんでいた。

期待の大きさが、そのまま失望に取って代わった。

「俺がエリニチナヤを離れてる間に、なにがあったんだろう。ニコライが死んだことと関係があるのかな」

隼斗の肩に額《ひたい》を押しつけ、玲は呟《つぶや》いた。

祐一郎と玲を保護してくれた屈強で優しいアルファの死を隼斗から聞かされたのは、一年前のことだった。

ニコライの死は公《おおやけ》には発表されていない。

しかし、アルファの地位だけでなく、財閥の役職まで、ニコライのものだったすべてをアレクサンドルが引き継ぎ、ニコライは名前も姿も消えてしまっている。

このことから、なにかがあると考えた隼斗は、過去を遡《さかのぼ》って少ない情報を掻《か》き集《あつ》め、同時に鋼や狩野から巧みに情報を盗みだし、それを突き止めた。

百年以上も前から、エリニチナヤは縄張りを巡って、タイドゥラという隣の群れと対立していた。

玲がロシアを出て一年後、危うかった均衡《きんこう》がついに崩れて戦闘となり、ニコライはタイドゥラのアルファ、ボリス・レーシンと戦い、死亡。ヴァシーリィも負傷して、ベータの地位を退いた。

瀕死《ひんし》の重傷を負わせたものの取り逃がしたボリスは現在、行方不明となっている。

エリニチナヤはアルファとベータを失っても、アレクサンドルがいたが、タイドゥラには力のある後継者がいなかったようで、ボリスが行方を眩《くら》ませたあと、戦闘で生き残ったものたちはエリニチナヤの追撃から命からがら逃げだし、タイドゥラは消滅した。

新アルファとなったアレクサンドルは、副官にミハイルを据え、弱体化したエリニチナヤを数年かけて再び強固な群れへとまとめ上げた。また、財閥のトップとしても、ニコライ以上の手腕を見せている。

隼斗はこの話を玲に告げるべきかどうかかなり迷ったそうだが、ニコライの死を知らず、彼を唯一のアルファとして慕《した》い、彼の許しを得てロシアに帰ることを夢見ている玲を、黙って見ていられなかったらしい。

故郷の悲劇を聞いた玲はショックで自分を見失い、三日ほど記憶が飛んだ。

ニコライの死も、ヴァシーリィの負傷も、自分の目で見ないかぎり信じられなかった。群れの一員としてみんなと一緒に戦いたかった、という暴力的な衝動に襲われ、新月期だというのに、ハーブを飲んでも獣化してしまい、やりきれない思いを抱えてのたうちまわった。

アレクサンドルはどんな気持ちでニコライの死を受け止めたのか、ヴァシーリィの怪我《けが》の具合はどうなのか、ニーカやオーリャ、仲間たちは無事だったのか、心配でたまらないのに、確認するすべもない。

どうにか荒れ狂う心を抑えられたのは、暴れて外に出ようとする玲を、隼斗が力尽くで押さえこんで止めてくれたからだ。隼斗は新月期にも獣化できるが、三日も狼《おおかみ》のままつきっきりで玲を制御するのは、かなり骨が折れただろう。

けれど、彼は玲を叱りもせず、玲の牙《きば》や爪でぼろぼろになりながら、傷つき混乱した玲の心にそっと寄り添ってくれた。

今のように。

「ニコライが亡くなったのは悲しい。でも、サーシャがアルファになったなら、絶対に俺を迎えに来てくれるって信じてた。接触禁止を言い渡したのはニコライで、新しいアルファのサーシャにはそれを撤回する権利がある。なのに、サーシャは迎えに来るどころか、電話も手紙もくれなかった。やっぱり、俺のこと忘れちゃったのかな。だから、迎えに来てくれないのかも……」

玲は自信をなくし、力なくうなだれた。

「接触禁止を撤回しないのは、お前を取り巻く環境が変わってないからだろ。お前にとっての八年は永遠みたいに長い時間だったろうが、お前はまだ二十歳で、戻り狼であることの危険性は死ぬまでつきまとうんだ。伝承なんておとぎ話と同じだと思ってたけど、そんな単純なものじゃなくて……、俺たちは勇み足でヘマしたかもしれん」

「どういうこと？」

見上げた隼斗は、渋い顔で考えこんでいる。

「お前は神名火でおとなしくしてないといけなかったってことだ。アレクサンドルとミハイルって野郎の態度からして、俺たちが考えているよりも、もっと複雑で危険な事情があるんじゃないかと思えてきた」

「複雑な事情って？」

「わからん。だが、今すぐ日本に帰るべきだと、俺の狼の本能が告げている」

「え？」

「鋼に連絡して、飛行機の手配をしてもらおう。それが一番早い。でかい雷《かみなり》を落とされるだろうが、覚悟のうえだ」

「……待って。そんなのいやだ」

「いやだもなにもない。一刻も早く安全なねぐらに帰ったほうがいい。なにかあったとしても、俺一人ではお前の安全を保障できないからな」

隼斗がスーツの内ポケットから取りだした携帯電話を、玲は咄嗟《とっさ》に奪い取り、その場から飛んで離れた。

「もうちょっとだけ待って。お願いだから」

「玲、それを返せ。駄々《だだ》を捏《こ》ねても、アレクサンドルはもうお前と会ってくれないぞ。会えたところで、さっきみたいに知らん顔をされるだけだ」

玲はぐっとつまった。

では、いつまで待てばいいのだろう。あんなに冷たい態度で、お前など知らないと言い放ったアレクサンドルが、どんな顔をして玲を迎えに来てくれるのか。

もはや、想像もできない。

隼斗の言うとおり、玲は死ぬまで戻り狼だ。つまり、玲が死ぬまで、玲の問題は解決しないということではないか。

神名火で置物みたいに待っていたって、アレクサンドルはきっと来ない。考えれば考えるほど、そう思えてきた。

優しかった玲のアレクサンドルは、変わってしまった。アルファになり、群れを守る責任ができて、玲の存在を厄介《やっかい》だと考えるようになったのかもしれない。

伝承が示す戻り狼としての価値が玲にあるのかどうか知らないが、そのことを除いても、ハーブがなければ安定して人型を維持できない人狼など、群れのお荷物でしかない。

父子で神名火にやられたのは、体《てい》のいいお払い箱だったのではないかと考えて、玲は落ちこんだ。

このまま日本に帰国すれば、玲の監視はいっそう厳しくなるだろう。

これが、自由に行動できる最後の機会だ。アレクサンドルがまだイタリアにいると確信できる今夜しかない。

アレクサンドルとの再会計画は二段構えになっていた。隼斗が玲の待つ部屋までアレクサンドルを連れてこられなかった場合、今夜、別の場所で開催されるチャリティパーティに参加し、そこで偶然を装《よそお》って再会を果たす予定だった。

パーティの参加に必要な招待状は、隼斗が真神の名を使って手に入れている。真神家は日本でも一番旧《ふる》い人狼の一族で、人間社会でもそれなりに力を持っているため、こういうときは便利に使えるらしい。ここではさすがに偽名を使えなかった。

チャリティパーティを主催しているのは、アレクサンドルの会社の主要な取引先だから、よほどのことがないかぎり、アレクサンドルは参加している。玲たちにも招待状があるのに、無駄にしたくない。

玲は隼斗に向かい、胸元で手を組み合わせた。

「隼斗、ごめん。あと一回だけ俺の我儘《わがまま》をきいて。チャリティパーティに出て、そこでもう一度サーシャに会う。お前なんか知らないってサーシャが言うなら、仕方ない。ただ、ニコライのことを話したい」

「ニコライのこと?」

「うん。ニコライのおかげで、俺と父さんはエリニチナヤで安全に暮らすことができた。すべての面倒をみてくれて、ニコライには本当にお世話になったんだ。だから、せめてお悔《く》やみとお礼を言いたい。パーティ会場なら人もいっぱいいるし、サーシャもあからさまに俺を無視できない、と思う。返事なんか期待しない。言うだけ言ったら、すぐに帰る。だから、お願い……!」

祈るように懇願《こんがん》する玲を、隼斗は眉間《みけん》に皺《しわ》を寄せて見つめていた。

本当は反対したいのだろう。玲を突き離したアレクサンドルの前に性懲《しょうこ》りもなく出ていって、これ以上の怒りを買うのは得策ではない。

長い長い沈黙ののちに、これまた長い長い隼斗のため息が聞こえてきた。

「……ったく、しょうがないな。本当にこれっきりだぞ。ここを逃したら、お前は本当に籠《かご》の鳥になっちまうだろうからな」

「……！　ありがとう！」

玲は携帯電話を持ったまま、隼斗に飛びついた。


チャリティパーティの会場は、ホテルから車で五十分ほどの主催者が持つ別荘だ。

まず、シャンパンレセプション、次にディナー、さらにオークションとつづき、最後にダンスパーティがある。

タクシーで別荘に乗りつけた玲と隼斗は、体調が優《すぐ》れないことにしてオークションまで欠席し、ダンスパーティが始まり、参加者が席を立って踊り始めるころに会場に入った。

部屋は広く、人も多い。

基本的に外界から隔離《かくり》されて生きてきた玲には、大勢の人間が集まる場所は苦手で、あまりの騒がしさに目がまわりそうになる。さらに、咽《む》せ返《かえ》るような香水、化粧品の匂いで鼻が曲がりそうだった。

早くも涙目になりながら、アレクサンドルを探す。

すぐに見つかった。神々《こうごう》しい銀髪を持つ長身の男は、どこにいても目立つ。

ダンスはせずに壁際に立っているけれども、彼の周囲には入れ替わり立ち替わりつねに人がいて、近づいて話しかけられる状態ではなかった。たとえ話しかけることができたとしても、誰が聞いているともわからない場で不用意な発言は控えるべきだ。

「これはちょっと、厳しいぞ」

隣で様子を見ていた隼斗が、玲にそっと耳打ちした。

ダンスパーティは夜中の一時ごろまでつづくらしいが、終了まで待っても、アレクサンドルが一人になる機会はないような気がする。

色とりどりのドレスを着た若く美しい女性たちが、獲物《えもの》を狙う鷹《たか》の目でアレクサンドルを見ているのがわかって、玲はむっとした。

途方に暮れながらも苛立《いらだ》つ玲の前に、影がすっと寄ってきて立ちはだかった。

嗅《か》いだことのある人狼の匂いがして、本能的に腰を落として身構える。

「こんなところで、なにをしている。どうやって潜《もぐ》りこんだ」

ミハイルが人に聞かれないよう、抑えた声で隼斗と玲を非難した。

柔らかな微笑を浮かべた顔の、瞳だけが笑っていない。

その身を覆う怒りを隠してもおらず、エリニチナヤのベータは玲のうなじの毛がぴりぴりと逆立つほど怖かった。

それでも、これは想定の範囲内である。

　玲はミハイルの口元あたりに焦点を合わせた。人狼の習性で、目を合わせてしまったら敵意を示すことになるからだ。

「い、いやです。俺たちは招待状を持ってるから、ここにいてもいいんです。一分でいいから、サーシャの時間を俺にください。少しだけ、サーシャに言いたいことがあって、だから、だから……！」

「騒ぐな。外へ出ろ」

　緊張と動揺で声が高くなる玲の腕を摑み、ミハイルが強引に外に連れだそうとする。

　そのミハイルの腕を、隼斗が摑んだ。

「ちょっと待ってくれ。あなた方を困らせるつもりはないんだ。玲をアレクサンドルと話させてやってくれ。聞きたいことはいろいろあるが、無駄なのはわかってる。ただ、棒きれみたいに突っ立ってるだけでかまわない。ほんの一分、時間をくれ。そうしたら、俺たちは日本へ帰る。頼む」

「今すぐ帰れ」

　隼斗に合わせて英語で答えながら、ミハイルは自分を摑んでいる隼斗ごと玲をドアのほうへ引っ張っていく。二人分の抵抗などものともしない怪力である。

「待って……！」

「ここで騒いだら、アレクサンドルの迷惑になる。あの方の仕事の邪魔をしたいのか」

抵抗しかけていた玲は、ミハイルの言葉で力を抜いた。

アレクサンドルと話したいが、彼の迷惑になる行動を取りたいわけではない。

ミハイルに引きずられ、なすすべもなく会場を出された玲と隼斗は、控室のような部屋へ連れていかれた。

ミハイルが去ってしまう前に、とことんまで交渉しようと玲が息を吸ったとき、三人の後ろからもう一人、音もなくやってきた男が部屋に入ってきた。

「……！　サーシャ……！」

振り返るまでもなく、玲には匂いでわかった。

小さな部屋に人狼が四人。張りつめる空気のなか、最初に動いたのは隼斗だった。

「玲！　二人きりにしてやるから、今度こそうまいことやれ。悔いのないようにな！」

日本語で叫んだ隼斗は身体を低くし、あろうことかミハイルの腹に突っこんでいき、そのままミハイルを肩に担ぎ上げ、疾風《しっぷう》のように部屋を飛びだした。

玲は呆気《あっけ》に取られて、ばたんと閉じられた扉を見つめた。

隼斗とミハイルでは、ミハイルのほうが強い。しかし、廊下に出てしまえば、パーティ参加者たちの目があり、ミハイルもむやみに暴れたりはできないだろう。

とにかく、今は隼斗の心配よりも、彼が作ってくれたチャンスを最大限に生かすべきときだ。

玲は震えそうになる足でアレクサンドルの前に立ち、照明に照らされた美しくも冷たい顔を見上げた。アルファの強さは身に沁《し》みて感じているけれど、彼とは序列に支配される関係ではなかったから、きちんと目を合わせる。

「ご、ごめんなさい。サーシャに迷惑をかけるつもりじゃなかったんだ。でも、どうしても言っておきたいことがあって。……ニコライのこと。俺は去年まで知らなくて。七年も前に亡くなってたなんて、信じられない。タイドゥラに襲撃されて、ヴァシーリィも怪我をしたって聞いた。本当に、今も信じられない。ニコライにはあんなによくしてもらったのに、俺はなにも返せなかった。ごめ、んなさ……っ」

話しているうちに涙が出てきて、玲はしゃくり上げた。

アレクサンドルはなにも言わない。なんの感情も浮かんでいない無機質な瞳が、一瞬だけ揺らいだような気がしたが、すぐに消えた。

遮《さえぎ》られたり、途中で退室しようとしないことに勇気をもらい、こみ上げてくる熱いものを呑み下して言葉を紡《つむ》ぐ。

「何年も知らなかったこと、俺が役に立たなかったことを謝っておきたかった。ニコライが俺の頭を撫《な》でてくれた手の大きさや温かさを、今も覚えてる。八年前にエリニチナヤを出されたとき、俺は泣いてばかりで、別れの言葉も言えなかった。俺を追いだそうとするニコライに腹を立ててた。でも、また会えるって信じてたんだ……」

迎えに行くと言ってくれたアレクサンドルのことも、信じていた。手も声も匂いも、アレクサンドルのことは、ニコライ以上に覚えている。

玲はいったん俯《うつむ》き、溢《あふ》れる涙を拭《ぬぐ》いもせずに、またアレクサンドルを見つめた。

「……サーシャ、本当に俺を忘れちゃったの？　俺はずっとサーシャのことばかり考えて生きてきた。サーシャだけが心の支えだった。八年も経つのに、誰もなにも教えてくれない。タイドゥラに襲撃されたとき、俺もみんなと一緒に戦いたかった！　みんなは無事だった？　ニーカやオーリャは？　……俺、ロシアに帰りたい。俺の帰るところはエリニチナヤだけだ。サーシャと一緒にいたい。みんなに会いたい、会いたいよ……！」

しんとした部屋に、玲の啜《すす》り泣《な》きが小さく響いた。

もっともっと言いたいことはあるのに、言葉にならなかった。一人だけ蚊帳《かや》の外に置かれ、あるいは厄介払《やっかいばら》いされて、口を開いたところで、恨み言しか出そうにない。

やっと摑んだアレクサンドルとの二人だけの時間なのに、空気の重さに耐えきれず、自分から飛びだしてしまいそうになる。

彫像のように立っていたアレクサンドルが、ついに深いため息をついた。

玲は肩をびくつかせた。

「レイ」

「……！」

涙も引っこむ勢いで、玲は顔を上げた。

アレクサンドルが玲の名前を呼んだ。今も耳に残っている、蜂蜜《はちみつ》みたいに甘くて蕩《とろ》けそうな声とは違ったけれど、それでも玲の名前である。

やっぱり、忘れてなどいなかったのだ。

泣き濡れた顔に一瞬にして喜色を浮かべた玲に、アレクサンドルは硬い声で言った。

「なぜ勝手に日本から出た。接触禁止令はニコライが死んでも有効だ。私は撤回していない。神名火から極力出すな、目を離すなとあれほど言っておいたのに、マガミはなにをしている」

「……」

アレクサンドルは言葉を切ったが、玲は答えられなかった。

「お前の連れのガンマが動いていたようだが、お粗末《そまつ》だったな。アルファが間抜《まぬ》けだと、ガンマも考えが足りんようだ。平和ボケした神名火の程度が知れる。お前はすぐに日本に帰れ。お前を唆《そそのか》したものには罰を与えるよう、マガミに伝えておく。もちろん、マガミにも代償を払ってもらうことになる」

辛辣《しんらつ》な話の内容を理解して真っ青になった玲は、慌てて弁明しようとした。

「は、隼斗は俺が泣いてばっかりいるから、同情してくれたんだ！　真神さまはなにも知らない。俺たちが勝手にやったことで……」

「部下の動向を把握できないアルファなど、アルファ失格だ。ガンマに出し抜かれてお前の出国を許すなど、万死《ばんし》に値《あたい》する」

「違う、俺が悪いんだ。全部、全部、俺が悪い！　俺はどんな罰でも受けるから、お願いだから二人を許して！　勝手なことをしてごめんなさい」

「お前に対する取り決めは、エリニチナヤと神名火のアルファ同士の話し合いで決まったことだ。群れの不始末の責任はアルファが取る。お前の謝罪に意味はない」

「でも、悪いのは俺なんだ。俺の我慢が足りなかったから……」

そう言いかけた玲は、昼間のアレクサンドルの態度を思い出して首を傾げた。

「サーシャ、昼間はどうして俺を知らないなんて言ったの？　理由があるなら、それだけでも教えて」

返事はなかった。

アレクサンドルの表情は読みづらく、なにを考えているのかさっぱりわからない。

少なくとも、玲のことを、私のレーニャと呼んでくれていたアレクサンドルはここにはいないということはわかった。

「ミハイル」

アレクサンドルがドアに向かって呼びかけると、いつの間に戻ってきていたのか、ミハイルがドアを開けた。

「お呼びですか」

「レイをホテルまで送れ」

「隼斗は？　隼斗はどこ？」

ミハイルから隼斗の血の匂いを嗅ぎつけ、玲の血の気が引いた。鼻をひくひくさせ、感覚を研ぎ澄ませたが、隼斗自身の気配はどこにもない。

「あの男には、私から言っておくことがある。ホテルには追って帰す。それまでお前は部屋から出るな。お前が勝手なことをすれば、その罰はあの男に与えられる。よく考えて行動しろ。……行け」

最後の言葉はミハイルにかけられたものだ。それきり、アレクサンドルは窓のほうを向き、玲を見ようとしなかった。

「ごめんなさい！　隼斗にひどいことしないで……！」

「お前が口を挟めることじゃない。来い。これ以上、我々の手を煩《わずら》わせるな。アレクサンドルは忙しいんだ。お前のせいで時間を無駄にしている」

ミハイルは玲を強引に引っ張っていこうとはしなかった。

ここで玲がグズグズしていても、アレクサンドルはなにも言わないし、グズグズの時間が延びれば延びるほど、皺寄せは隼斗に向かう。

馬鹿な玲でも、そのくらいはわかった。

最後に一目、アレクサンドルの姿を見て目に焼きつけておこうかと思ったけれど、自分を拒絶している姿を見るのはつらすぎた。

それなら、八年前の優しい彼を、擦《す》りきれてなくなるまで思い出すほうがよっぽどいい。

玲は俯き、ミハイルに促されるまま部屋を出た。


ホテルの部屋までついてきていたミハイルが出ていくと、玲はひとりぼっちになった。

部屋から出るなとミハイルにも釘《くぎ》を刺されたが、アレクサンドルに会う目的がなければ、どこにも出ていく必要がない。

玲はベッドにうつ伏せに倒れこんだ。

自分のことよりも、隼斗や鋼のことが心配だった。

タクシーに乗っている間、ミハイルは一言もしゃべらなかった。玲が隼斗のことを訊いても、罰を与えないでくれと頼んでも、目もくれない。

嘆願が無駄なことは、玲もわかっていた。

ベータが従うのは、アレクサンドルの命令だけだ。無駄とわかっていても、言わずにはいられなかった。

隼斗はすでに、怪我をしていると思われる。

人狼は怪我をしても、すぐに治癒するけれど、痛みを感じないわけではない。それに今は新月の三日前で、治癒力も弱い。

命令を破ることで、罰則があるのは覚悟していた。だが、それはあくまで鋼から与えられるもので、鋼がアレクサンドルによって、責任を取らされるとは考えなかった。

アレクサンドルは玲との再会を喜んでくれると思いこんでいたからだ。

「俺って、ほんと馬鹿……」

玲は呟いた。

アレクサンドルは七年も前にアルファになっていた。玲に会いたければ、向こうから会いに来てくれたはずだ。

直接会えなくても、電話やメールなど連絡を取る手段を、アレクサンドルなら考え、実行できる。

それがなかったということは、つまり、そういうことなのだ。

アレクサンドルは玲に会いたいとは思っておらず、迎えに行くという約束さえも、忘れてしまいたいと考えていたのだろう。

「……っ」

胸が痛くて、シーツと己《おのれ》の身体の間に手を差し入れてシャツの胸元を摑む。必要とされていない自分が悲しくて、喜び勇んで会いに行った自分の愚かさが恥ずかしい。

アレクサンドルが玲と接触しようとしない理由なんて、少し考えればわかることなのに、現実から目を背けつづけて、結局、隼斗や鋼に多大な迷惑をかけてしまった。

心にぽっかりと穴が開いていた。

アレクサンドルを信じて待っていた玲の八年間は、なんだったのだろう。そして、玲はこれからなにを支えに生きていけばいいのだろう。

もうなにがなんだかわからない。

思い出したくないのに、冷淡に玲を拒否するアレクサンドルの横顔が浮かんできて涙が出た。

八年前から彼は凛々《りり》しく美しい最強の雄《おす》だったけれど、今は例えようもないほど素晴らしかった。

玲は彼に憧《あこが》れていたし、大好きだった。ロシアにいたころは幼すぎて、好きという気持ちを深く考えたこともなかったが、日本とロシアに別れ、声さえ聞くことができなくなってから、ようやくわかった。

玲がアレクサンドルに抱《いだ》いていたのは、恋だ。

人狼は雌《めす》が少なく、子どもが生まれにくい種族で、雄同士の恋愛にも寛容である。ロシアではむしろ、人間の女性を伴侶《はんりょ》に求めるよりも、同性でも純血種をパートナーにするほうがいいと考える風潮がある。

エリニチナヤにも、夫婦のように暮らしている雄同士の仲間がいた。子どもはできないけれど、満月の光を浴びながら尻尾《しっぽ》をなびかせ、一緒に野山を駆けることができる。

アレクサンドルと再会して、この気持ちを打ち明けられたらいいなと思っていた。

恋心どころか、再会することさえアレクサンドルに拒絶されるなんて想像もしなかった自分のおめでたさに自嘲《じちょう》が漏れた。

「……うっ、ひ……くっ」

泣きながら笑い、また泣く。

昔、アレクサンドルはよく女性の匂いを身体にまとわせていた。そのたびに玲は不機嫌になって噛みついたりしたものだが、あれは完全なる嫉妬《しっと》だった。

アレクサンドルには、何人《なんびと》たりとも触れてほしくなかった。

七歳半ばで玲が人型になって以降、アレクサンドルから不快な匂いはしなくなり、玲は心穏やかに彼に懐き、独占することができた。

「サーシャ、サーシャ……」

潰《つぶ》れた声で、恋しい男の名前を呼ぶ。

もう一度、全身でアレクサンドルに甘えたい。甘やかされたい。

迎えに行くと言っていたのに、彼は嘘つきだ。

嘘つきでも、玲はやっぱり彼が恋しい。

「……っ、グル、ル……っ」

泣《な》き咽《むせ》んでいた玲は、自分の喉から狼の唸《うな》り声がしていることに気がつき、はっとなった。原因は明白である。

「ハーブを飲まなきゃ……！」

慌てて起き上がり、スーツケースを開ける。

獣化衝動を抑えるために、玲は父が処方して送ってくれるハーブを毎日煎《せん》じて飲まなければならない。新月期や満月期、体調によって摂取する量が変わるが、効力は二十時間ほどで、飲み忘れるより飲みすぎたほうが安全だ。

大量に摂取すれば、眠気に襲われ、意識も朦朧《もうろう》とするけれど、人間の前で狼の姿を曝《さら》すよりいい。

時計を確認すると、摂取予定の時間までまだ三時間以上ある。新月期に近いから、もう少しもつと思っていたが、イタリアまでの長距離の移動と時差、アレクサンドルとのやりとりなどで負担がかかったのだろう。

ハーブの効き目が失《う》せ、身体が一番楽な獣形を取ろうとしている。

一度獣化したら、人型に戻るのは至難《しなん》の業《わざ》である。狼の手ではハーブを煎じることもできず、煎じずにそのまま食べても効果は薄い。

「早く、しないと」

手が震えてしまって、取りだしたハーブの袋がうまく開けられない。これからまだ、部屋についている簡易キッチンで煎じないといけないのに。

身体が熱かった。内側に押しこめている獣が、外に出たいと暴れ始めている。

玲の手からハーブの袋が落ちた。

拾う代わりに、玲はスーツの上着を脱いでいた。狼の姿に必要のないものを、身につけていることが耐えられない。

シャツもズボンも靴も脱ぎ捨てた。

「あ……あ……。駄目……、だ、め……！」

身体を起こしているのがつらい。両手を床についたら、おしまいだ。

わかっていても、衝動に逆らうのは容易ではない。

脂汗《あぶらあせ》が流れ、視界にゆらゆら揺れる黒いものが映った。

俺の尻尾だ、と思った瞬間、玲は崩れ落ち、数秒後には狼になっていた。

4

玲《れい》は四本の肢《あし》でしっかりと床を踏みしめた。

獣化を我慢しきれなかった後悔と、本来の姿に戻れた心地よさが、玲の身体を半々で満たしている。

異国の地で獣化するのは避けたかったが、こうなってしまったものはどうしようもない。隼斗《はやと》が帰ってき次第、ハーブを煎《せん》じてもらい、それを啜《すす》って心身ともに落ち着けば、人型に戻れるだろう。時間がかかるかもしれないが。

落ち着きのない仔狼《こおおかみ》のように、部屋のなかをぐるぐるまわる。

アレクサンドルたちは玲を長時間一人にしておきたくないだろうから、隼斗はすぐに帰ってくるはずだ。

「……っ！」

不意《ふい》に耳慣れない電子音が部屋に響き、玲は飛び上がった。

きょろきょろと周りを見渡し、それが部屋に備えつけられた電話の呼び出し音だとわかった。

部屋に電話がかかってくるなんて考えもしなかったので、慌てふためいてしまった。

前肢で弾けば、受話器は外せるが、応答することができない。電話の向こうから狼の唸《うな》り声がしたら、相手はびっくりするだろう。

いや、その相手とはいったい誰なのか。

玲はさほど回転がいいとは言えない頭で懸命に考えようとしたが、等間隔で鳴りつづけている呼び出し音は、玲の心を追いつめていくばかりだった。

頭が真っ白になり、ただ電話の周りを飛び跳ねているだけで、なにもできない間に、呼び出し音がようやく止まった。

「……ハッ、ハッ」

全力疾走したあとのように、玲はだらりと舌を出し、息を吐いては吸った。

獲物《えもの》を追って長距離を走れる屈強な狼の四肢《しし》ががくりと折れ、じゅうたんの上に腹這いになる。

これで危機が去ったわけではない。電話をかけてきた相手はなにか用があったからかけてきたわけで、目的が果たされなかったのだから、もう一度かけてくる可能性がある。

——隼斗が一秒でも早く帰ってきてくれればいいんだけど。……でも、俺もこのままじゃ駄目だ。なんとかしないと。

玲はよろりと起き上がり、床に落としたハーブの袋を前肢で押さえ、舌を伸ばして中身を舐めた。まずくもなくおいしくもない、馴染《なじ》んだ味が口中に広がる。

伏せの体勢で精神を集中し、肉体の骨組みを変えようと頑張ったものの、尻尾《しっぽ》すら引っこまなかった。

そうこうしているうちに、誰かの足音がこの部屋に向かって歩いてくるのを、耳が察知した。

「……！」

隼斗ではない、まったく知らない男の足音だ。歩き方からして、ホテルの従業員ではないかと思われる。

足音は部屋の前で止まり、インターフォンが鳴らされた。

玲は咄嗟《とっさ》に入り口から遠い側のベッドの陰に隠れた。ドアには鍵がかかっているから、従業員といえど勝手には入ってこられないはずだ。

しかし、玲の予想は外れ、鍵が解錠される音がし、ドアが開いた。

「カザマさま、失礼いたします。ホテル支配人のマッザーリと申します。勝手に入室し、申し訳ございません。どちらにいらっしゃいますか？」

男の話すイタリア語は玲には理解できないが、カザマという名は聞き取れた。玲たちが宿泊にあたって使用している偽名である。

「保護者の方から、ご様子を見るよう仰《おお》せつかりました。先ほどお電話をさせていただいたのですが」

男は部屋のなかに踏みこみ、玲がどこかに隠れていないか、あるいはなにか異常がないか確かめているようだった。バスルームやトイレまで見てまわっている。

息を殺しながら、見つからないうちにベッドの下に潜《もぐ》りこめないかと、隙間に尻をぐいぐい押しこんでみたが、玲のほうが大きすぎた。

身動《みじろ》ぎするかすかな音が聞こえたのか、男がついにベッドをまわりこんできた。

「カザマさま……？」

「……！」

目が合った。完全に。

黒い服を着た壮年の上品そうな男が、悲鳴をあげるために息を吸いこんだ瞬間、玲は弾丸のようにベッドを飛び越えた。

パニックに陥ったまま廊下に出ようとして、部屋のドアが閉じていることに気づき、くるっと回転してバルコニーへ出た。

神名火《かんなび》の外へ出たときは万が一の場合に備え、必ず逃げ道を作っておくこと、という隼斗の教えに従い、大窓はずっと開いた状態にしてあった。

五階の部屋から玲は垂直に壁を走り下り、中庭のテラスに飛び下りた。

パーティでもあったのか、時間も遅いのに人が大勢集まってダンスやおしゃべりに興じているど真ん中へ。

「きゃあーっ！」

つんざくような女性の悲鳴に飛び上がったのは玲だった。

「なんだ、犬……？　空から飛んできた！」

「あんな大きな犬はいないわ、きっと狼よ！　警察に通報して！」

言葉はわからなくても、言われていることは声の調子でわかる。

玲は一目散《いちもくさん》にテラスを走り抜け、ホテルから遠ざかるために駆けだした。どこへ向かえばいいのかなんてわからない。

道なりにしばらく走った玲は、追いかけてくる声が聞こえなくなったところで、ようやく止まった。植えこみの下に隠れて、息を整える。

困ったことになってしまった。狼のような動物が出現したことは、いずれホテルに帰ってきた隼斗にも知らされ、彼はすぐに事情を悟るだろう。

隼斗が玲を見つけやすいように、ホテルの近くに潜《ひそ》んでいたほうがいいのかもしれないが、玲を捕獲しようとする人間がいたら危険である。状況不明のままうろうろ動きまわるのも、賢明とは言えない。

植えこみの下で、人型に戻れるかどうか試してみたものの、徒労に終わった。戻れたところで、全裸の一文なし、イタリア語も話せない男が道をこそこそ歩いているところを見つかったら、狼以上に怪しまれそうだ。

隼斗を走りまわらせることになるが、ここでおとなしく救援を待つのが最善策、という結論に達したとき、忌々《いまいま》しい犬の気配を察知した。

散歩ではなく、パートナーの人間に命じられて、なにかを探している感じだった。目標物が玲なら、その犬は警察犬でパートナーは警察官だ。

いつまでも植えこみでグズグズする愚《ぐ》は犯さず、玲は空気の流れを読み、犬の風下にまわった。目につかないように、路地裏の暗い道を足音も立てずに駆ける。

しかし、犬は一頭だけでなく、あちこちから玲の痕跡《こんせき》を追ってくる。人でもなく狼でもない玲の異質な匂いに反応しているのか、犬たちは警戒の唸り声を発していた。

——どうしよう、どうしよう……！　追って来られないように、俺の匂いをなんとかしなきゃ。

玲はもともと、こういうことが得意ではなかった。というより、初めての体験だった。ロシアでも日本でも、一人で外を出歩いたことはない。こんなふうに、犬に追われて逃げまわったことも。

たかが犬ごとき、まとめて何匹かかってこようと負ける気はしないけれど、戦うのはまずい気がする。

四肢が動くかぎり、永遠に走りまわればいいのか、どこかに隠れてやりすごすべきなのか、判断がつかない。

あっちこっちに逃げまわっていた玲は、道の端に大きなダストボックスを見つけ、そこに隠れることを思いついた。

ここならまだ、ホテルからそう離れていないはずだし、鼻が曲がりそうな悪臭で、犬たちは玲に気づかないかもしれない。それに、四つ肢の獣がダストボックスの蓋《ふた》を開けてなかに入り、また蓋を閉めるなんて、人間は考えもすまい。

玲は鼻先で器用に取っ手を押し上げて蓋を開け、悪臭のなかに飛びこむと、今度は前肢を使って蓋を閉めた。

——き、つい……！

地獄のようなダストボックスのなかで、玲は耳も尾も萎《しお》れさせた。

ナイスアイデアと思われた自分の判断を後悔し、即座に外に出ようとしたが、ダストボックスの蓋は内側からだと開けにくかった。

誰か開けてくれ、と恥も外聞もなく叫びたい。

ゴミに埋もれながら足掻《あが》いていると、走ってくる犬と人間の足音が聞こえた。犬は玲に気づき、激しく吠えたてている。

「どうした、お前。探してるのは超大型犬だぞ？　犬が蓋つきのダストボックスに入って隠れたりはしないだろ？　それともほかのなにかが臭うのか？　ちょっと落ち着けよ」

犬をなだめている男が、慎重にダストボックスの蓋に手をかけた。

不安定なゴミの上で息を殺し、玲は蓋が開くのを待った。

気が張りつめているので、男はきっと銃をかまえているだろう。人間とはそういうものだと教えられている。

発砲される前に飛びだし、素早く逃げなければならない。

緊張が最高潮に達したとき、どこからか風に乗って狼の遠吠えが流れてきた。獣化した人狼《じんろう》の声だ。静かだが、とても明確な威嚇《いかく》を示している。

きゃうん、咆哮《ほうこう》していた犬が仔犬のように鳴いた。

「おい、どうした！　なんだ？　あの遠吠え……、おい！」

人狼と犬とでは、格が違う。犬が尻尾を巻いて逃げだしたのが、玲にはわかった。

男が慌ててそれを追いかけていく。

とりあえずの危機が去り、玲はほっとした。

声に聞き覚えはないけれど、あれは玲のための遠吠えだった。どこの誰が助けてくれたのか、考えなければならないことはあるのに、悪臭で頭がくらくらする。

どうしてこんなことになってしまったのだろう。玲はただ、アレクサンドルに会いたいだけだったのに。

当のアレクサンドルに拒絶され、隼斗や鋼《はがね》に多大な迷惑をかけ、挙句《あげく》の果てに獣化した姿を人に見られ、ゴミのなかで溺れている。

「……クゥ、クゥーン」

無意識に頼りない声が出た。怯えて仔犬のように鳴いていたさっきの犬を笑えない。ひとりぼっちがこんなに心細いなんて、知らなかった。

戻せるものなら時間を戻したい。神名火を出て、イタリアに飛ぶ前に。いや、いっそ、エリニチナヤを出される前まで。

ぐったりしていた玲は、通りの向こうで車が止まった音も、ダストボックスに近づく足音にも気づかなかった。

不意に蓋が開けられ、新鮮な空気が入ってくる。

ぎょっとして見上げた先にいたのは、アレクサンドルだった。

「こんなところでなにをしている。……まったく」

地面が抉《えぐ》れるほどに深いため息をついたアレクサンドルは、躊躇《ちゅうちょ》なく腕を伸ばし、ゴミに埋もれる玲をひょいっと持ち上げた。

玲の毛皮は汚れ、いやな臭いを発している。

アレクサンドルは玲をいったん地面に下ろし、スーツの上着を脱ぐと、それで玲を包みこみ、また抱き上げた。

しっかりした足取りで歩き、通りで待機していた黒い車の後部座席に乗りこむ。運転席にはミハイルが座っていた。

アレクサンドルの膝《ひざ》の上に乗せられても、玲は呆然《ぼうぜん》としたままだった。

どうやらアレクサンドルに助けられたようなのだが、実感が湧かない。パーティ会場まで追いかけていって、手ひどく叱られて帰されてから、二時間も経っていないだろう。

さらに叱られるのは間違いない。

どんな叱責も受け止めるつもりで、恭順《きょうじゅん》の態度を示したけれど、アレクサンドルはなにも言わず、玲を膝に抱く手つきは優しいと感じられるほどだった。

悪臭のなかにアレクサンドルの匂いが漂い、一服の清涼剤のようだ。玲には恵みの匂いだが、玲に付着した汚れはアレクサンドルの上着を侵食し始めている。

人狼の鼻は敏感なので、クリーニングしても使えないかもしれない。このままではズボンも同じ運命をたどりそうだ。

「キュウ……ン」

いやな臭いが移るから、俺から離れたほうがいいよ、という気持ちをこめて、玲は小さく鼻を鳴らした。

アレクサンドルが無言のまま動かないので、玲のほうからもそもそと膝を下りようとしたら、抱えなおされてもっとしっかり乗せられた。

いつも美しく優雅で、いい匂いがするアレクサンドルを汚すのはいやだったけれど、彼が引き止めているのだから、玲は彼の意思に従うべきだろう。

二十分ほど走ったところで、車は静かに停まった。どうやら、アレクサンドルたちが宿泊しているホテルのようだ。

アレクサンドルは玲を抱えて車を降り、一般の宿泊客が使うのとは別の入り口から建物に入った。最上階まで直通のエレベーターに乗って部屋に向かう間、一度も玲を下ろそうとしない。

うっかり喜んでしまいそうになり、玲は不用意に振らないよう、尻尾をくるっと巻いて自分の身体に引き寄せた。

ミハイルは両手がふさがっているアレクサンドルに代わってドアを開けてくれたが、部屋のなかには入らなかった。嫌味《いやみ》のひとつも言いそうなのに、ずっと無言なのが気にかかり、ちらっと見上げたら、玲を凝視《ぎょうし》していて、目が合わないように慌てて俯《うつむ》いた。

部屋に入ると、アレクサンドルと二人きりになった。

ずっとそうなりたいと願っていた。二人きりの世界でアレクサンドルに八年間の孤独を訴え、慰めてもらい、甘えさせてもらう。もう二度と離れたくないと言えば、アレクサンドルなら玲の希望を叶えてくれると信じていた。

今となっては、二人きりでいることがいたたまれない。

小さくなっている玲を、アレクサンドルはバスルームへ連れていき、バスタブに下ろした。靴と靴下を脱ぎ、ズボンの裾《すそ》とシャツの袖を折ってまくり上げている。

「その臭いを洗い落とすのが先決だ」

アレクサンドルは面倒くさそうに言った。

上着を犠牲にしてまでずっと抱いていてくれたので、態度が軟化しているかと期待したが、そうでもなさそうだった。

きゅうん、くぅん、と玲は狼の喉で鳴いた。とりあえず、言い訳はしておきたい。

言葉というコミュニケーションツールがなくても、人狼同士の会話は成立する。もちろん時間だとか具体的な地名だとか、そういう細かい部分は伝えられないし、読み間違えて誤解することもある。

だが、獣化した玲の気持ちを読み取ることにかけては、アレクサンドルの右に出るものはいなかった。

——ずっと逃げつづけるより、隠れたほうがいいと思ったんだ。でも臭いがひどくて、すぐに出ようとしたけど出られなかった。来てくれてありがとう。こんなことになっちゃって、ごめんなさい……。

玲は深い反省を示した。

獣化後の姿を人間の前に曝《さら》すのは、どこの群れでも一番の禁忌《きんき》だ。本人だけでなく、群れの仲間、ひいては人狼族そのものを危険に陥《おとしい》れる可能性があるため、規則を破ったものには、厳しい罰が与えられると聞いている。

神名火に戻ったら、玲は外出禁止どころか、矯正ケージに入れられるかもしれない。

矯正ケージは人間社会で例えるなら、拘置所のようなもので、狼の凶暴性を抑えきれずに人間とトラブルを起こしたり、問題行動を繰り返したりするものたちが収容される隔離施設である。

それだけのことをしたのだから、仕方がない。

「なぜ獣化した。ハーブを飲み忘れたのか」

玲はぶるぶると頭を横に振った。

——忘れてない！　まだ時間があったのに、こうなっちゃった……。

「注意を怠《おこた》るな。縄張りを出たときはとくに」

——ごめんなさい。

アレクサンドルの忠告はもっともで、玲は謝るしかない。

しかし、そもそもホテルの従業員が勝手に部屋まで踏みこんでこなかったら、玲が外に飛びだすことはなかった。玲は隼斗が帰ってくるまで、部屋でおとなしく待っているつもりだったのだ。

かかってきていた電話も気になるし、その件についても話しておきたかったが、言葉を持たない狼が放つ無言のメッセージで読み取ってもらうのは厳しいだろう。

アレクサンドルはうなだれる玲に、温《ぬる》めのシャワーをかけた。

濡れた毛皮にボディシャンプーが振りかけられ、大きな手でわっしゃわっしゃと洗われて泡まみれになる。

あまりの懐かしさに、涙が出そうになった。アレクサンドルの手つきは記憶にあるのと変わらず丁寧だった。

七歳まで、狼の玲を洗うのはアレクサンドルの役目だった。人型になることを覚えてからも、獣形でいることが多かったので、ときどきはこうして洗ってくれた。

隅々まで洗って玲が綺麗になると、ふかふかのタオルで水気を取り、耳の穴まで拭いてくれて、ドライヤーで乾かしてくれるのだ。

アレクサンドルはよく玲に話しかけ、玲もクルル、グルルと喉を鳴らして答えた。

『お前の毛皮は美しいな。艶《つや》やかで、夜の闇より深い黒だ。お前の瞳も美しい。昼は青緑で、夜は赤に変わる。まるでアレキサンドライトのようだ。お前の瞳に私がいる』

そう言われたとき、人型になれない不完全な人狼である自分が初めて誇らしく思えた。

アレキサンドライトは、石に反射する光の種類によって色を変える宝石だ。

ウラル山脈の鉱山で発見され、当時のロシア皇太子アレクサンドル二世の名がつけられたとされている。

瞳にアレクサンドルがいるのだから、自分と彼は一心同体であると信じて疑わなかった。

二人が分かたれる日が来るなんて、考えもしなかった。

失ってから気づいた、なににも代えがたい至福の時間。

していることは同じでも、やはり八年前とは違う。アレクサンドルからは、玲の甘えを許さない硬質なオーラが出ている。

そのくせ、彼の手つきは丁寧すぎるほど丁寧だった。乱暴にされても仕方がないと玲は身構えていたのに、彼は自分が泡まみれの水浸《みずびた》しになるのも厭《いと》わず、玲を抱えこみ、耳に泡や水が入らないように注意してくれている。

アレクサンドルの考えていることはまったくわからないけれど、そんなことをされたら、馬鹿で単純な玲は嬉しくなってしまう。

人狼は獣化すると、本能に忠実になる。警戒心が強くなっても、嘘をついて誤魔化《ごまか》したり、表面を取りつくろったりする狼はいない。

必死の我慢も虚《むな》しく、玲の尻尾が揺れ始めていた。動かすな、我慢しろ、と自分に言い聞かせても、嬉しい気持ちは抑えられない。

水を含んで重い尻尾がぶんと振られると、水滴と泡が勢いよく飛び、アレクサンドルにかかった。

やってしまった、と固まる玲の尻尾の根元を、アレクサンドルはやんわり摑んだ。

「おとなしくしていなさい。まだ終わっていない」

「クゥ……」

尻尾を振るのは本能だから、意思の力で抑えつけるのは極めて難しい。

自分の身体で踏みつけておこうとしても、アレクサンドルの手があちこちを擦《こす》りまくるので、腰を落としていられないし、アレクサンドルが尻尾を離してくれない。

尻尾のつけ根から先まで揉みこまれ、腹の毛を掻きまわされているうちに、玲はおかしな気分になってきた。

腰のあたりが敏感になり、身体の内側が熱を持つ。

むずむずして、いやらしい気分になって、性器の形が変わるアレだ。獣形では初めてだが、人型のときに経験している。

まさか、アレクサンドルに身体を洗ってもらっているときに、しかも狼の姿なのに、そんな衝動を覚えるなんて。

——駄目だ、駄目だ……。こんなの絶対に駄目！　サーシャにばれたら、絶対に軽蔑される……！

愕然《がくぜん》とした玲は、歯を食いしばった。

しかし、気を逸らそうと意識すればするほど、欲情とは高まっていくものだった。

腰から尻尾のつけ根のあたりは敏感だから、触らないでほしい。

顎《あご》の下を指先でこりこり掻かれるのは最高に好きな行為のひとつだが、今は駄目だ。股の間なんか擦られたら、肢も腰も立たなくなってしまう。

すでに恋心を自覚している相手に触れられて、身体がどんどん熱くなっていく。

「……レイ？　震えているのか？」

アレクサンドルが怪訝《けげん》そうに訊き、耳も尾も伏せてバスタブの底にへばりついている玲を仰向《あおむ》けにしようとした。

顔を見られたくなくて抵抗したけれど、本気で抗えない玲の分《ぶ》は悪い。

「洗い流したら終わりだ。もう少し我慢しなさい」

バスタブの外にいたアレクサンドルは、服がびしょ濡れになるのもかまわずバスタブのなかに入って尻をつき、長い脚の間に玲を抱えこんだ。

頭が上を向き、目が合った。青空を映した瞳のなかに、玲がいた。

真っ黒な狼が。

なぜか、冷水を浴びせられた気になった。

狼のままではいけない。

唐突《とうとつ》にそう思う。人型になりたい。ならなければいけない。

理由を必要としない本能が主張している。

全身に痛みが走り、玲は四肢をもがかせ、身体を捩《よじ》った。

「レイ、どうした？　どこか怪我《けが》でも……」

なにかを言いかけたアレクサンドルが、口を噤《つぐ》んだ。

玲が初めて人型を取ったのは、彼の腕のなかだった。その後もなかなか人型に変われない玲につきっきりで訓練してくれたのも、彼だ。

なにが起ころうとしているのか、すぐわかったに違いない。

何度経験しても、この痛みには慣れなかった。骨格が変わり、毛皮を剝《は》がれて裏返しにされるような苦痛に、唸り声が抑えられない。

鋭い獣の感覚が鈍くなる。鼻が悪くなり、耳が遠くなる。

そのなかでひとつだけ素晴らしいのは、手のひらの繊細な感覚。

玲は自分をしっかりと抱えてくれているアレクサンドルに縋《すが》りついた。

いつの間にかシャワーが止まっていた。アレクサンドルの温《ぬく》もりと匂いがバスルームに満ちている。

彼さえいれば、玲はなんでもできる。ような気がする。

「くっ、……ふ、あぁ……！」

断末魔《だんまつま》のような声は、人の声帯を通った。目を閉じ、荒い呼吸を落ち着かせる。

「ハーブなしで人型になれるようになったのか？　いつから？」

脱力したまま、玲はゆるゆると首を振った。変わってしまえば痛みは去るが、この二本足の身体に馴染《なじ》むには少し時間がかかるのだ。

「……は、はじめて。サーシャがいたから、できた。たぶん……」

幼いころからの習い性とは侮《あなど》れないもので、玲はエリニチナヤにいたときのようにアレクサンドルに甘えて擦り寄った。

玲がいかに小柄でも、男が二人も入れば、バスタブは狭くなる。

密着しているのをいいことに、アレクサンドルの長い脚に自分の脚を絡みつかせていると、濡れたズボンに内股が擦れて、おかしな気分がぶり返してきた。

ちらっと下に目をやれば、玲の性器が半ばほど頭をもたげていた。

もちろん、アレクサンドルにも見えているだろう。

「……！　……っ」

玲は声にならない悲鳴をあげ、身体をアレクサンドルに預けたまま、両手で股間を覆い隠した。

変身を繰り返す人狼にとっては、人型に変わったときに裸なのは自然なことで、仲間うちで肌を曝してもさほど羞恥《しゅうち》は感じない。玲の裸は何度も見せてきたし、アレクサンドルの裸も何度も見た。

だが、性的に興奮している場合はべつだ。

玲はアレクサンドルが好きなのだ。彼に触れられるのが嬉しくて心地よくて、肉体が反応してしまったのだが、恋心も打ち明けていないのにこんな状態を知られるなんて、恥ずかしすぎる。

しかも、獣形のときからもよおしていて、苦痛を伴う人型への変身を経たあとでも、継続しているとは自分でも驚きだった。

「隠さなくていい」

「えっ……！」

真っ赤な顔でぎゅうぎゅうと股間を押さえつけていた玲は、目を見開いてアレクサンドルを見上げた。

「手を退《ど》けなさい」

アレクサンドルは無表情で、とんでもないことを言いだした。

「……そんな、サーシャに見えちゃうよ……」

「かまわない」

アレクサンドルがかまわなくても、玲がかまうのだが、いやだとか恥ずかしいとか逆らえる雰囲気ではなかった。

ごくりと唾液を飲みこみ、玲はアレクサンドルから視線を逸らしながら、震えている両手を浮かしてへそのほうへ上げた。

予想外の異常なやりとりに呑《の》まれていた。

アレクサンドルの手が玲の腹にぺたりと触れ、指先でへその窪《くぼ》みをくるりと撫《な》でる。指はさらに下へ向かい、陰茎の根元の黒い下生えを柔らかく掻き混ぜた。

「……あっ」

玲は小さく喘《あえ》いだ。

そんなことをされたら、性器がますます形を変えてしまう。まだ柔らかい状態から、硬さを宿して上向きに勃《た》つまで、変化の一部始終を見られてしまう。

いやだ、と思いながらも、玲の身体は熱くなる一方だった。玲はすでに、勃起している性器を自分の手で擦って射精する気持ちよさを知っている。

精通を迎えたのは十五歳のときだった。

それまで性欲などとは無縁だったのに、アレクサンドルへの恋心を自覚すると同時に、肉体にも変化が起きたようだ。

雄《おす》なら避けられない性的欲求についての説明、対処方法は家庭教師の隼斗から聞いていたので、さほど動揺はしなかった。

獣化抑制のハーブが性衝動をも抑えているのか、自慰《じい》をする回数は少なく、いつも形容しがたい罪悪感を伴う。

陰茎を弄《いじ》っているときに、アレクサンドルが頭のなかに出てくるからだ。彼に触れられたらどんな気持ちだろうと想像しながら手を動かし、彼の声や温もりを思いだしながら射精するからだ。

「ご、ごめんなさい、ごめんなさい……」

ここ数年、脳内で勝手にアレクサンドルを汚しつづけていたことを、謝らずにはいられなかった。

玲の性器は完全に勃起し、ピンク色をした先っぽが剝《む》きだしになっている。羞恥に身を捩れば、ゆらゆらと揺れて余計に恥ずかしい。

「いやらしい匂いをさせて。こんななりでは帰せない」

なにかを堪《こら》えているような押し殺した声で、アレクサンドルが低く呟《つぶや》いた。

意味を理解する前に、アレクサンドルの手が陰茎を包みこんだ。

「ひゃあっ！　なに、なにして……、やっ、あっ」

背筋を快感が駆け抜けて、玲は仰《の》け反《ぞ》った。

何度も想像してきたアレクサンドルの手だが、想像とはまったく違っていた。はじめは様子を見るように緩く擦り、次第に指の輪で締めつける力が強くなっていく。

「あっ、あぁ……っ」

括《くび》れを指の腹で撫でられると、先端の穴から先走りがとろりと零れた。

アレクサンドルの指がそれを掬《すく》い取《と》り、幹になすりつける。滑りがよくなると、愉悦が加速した。

信じられないほど気持ちがよかった。今までしてきた自慰は、子どもの遊びみたいなものだった。

陰茎はこれ以上ないほどに硬く膨らんで、先走りでアレクサンドルの手も濡れている。

「だ、め……っ、もうだめ……！　でる……でちゃう……っ、あぁぁ……っ！」

喉を反らして、玲は達した。

全身がびくびく震え、白く濁った精液が勢いよく噴きだす。

射精している間も、アレクサンドルは玲自身を手のひらで包みこみ、優しくあやすように扱《しご》いていた。

ときおり残滓《ざんし》を絞りだすみたいに力を入れられ、そのたびに玲の身体も跳ね上がる。

「はぁ……、はぁ……ん……」

玲は目を閉じ、アレクサンドルの胸元に顔を埋《うず》めた。濡れて張りついているシャツが邪魔だったが、温もりは感じられる。

呼吸が落ち着いてきても、身体はまだざわざわしていた。陰茎というより、身体の内側が疼《うず》いている感じがする。

一人でするときは一度達したら欲望は急速に引いて、罪悪感ばかりで満たされるのに、今日はいつもと違う。

「まだ足りないようだな」

アレクサンドルの手がゆったりと動き始めて、玲はうろたえた。射精したにもかかわらず、萎《な》れていない玲の性器が、刺激を受けてまた硬く膨らもうとしている。

「……んっ、んん……ぅっ、だめ、放して」

玲はアレクサンドルの腕を掴んで動きを止めようとした。二度つづけてするのは初めてで、怖くなったのだ。

「じっとしていなさい。私に任せて、お前はただ感じていればいい」

抗おうとする玲の力が抜けた。怖かったのに、アレクサンドルに囁かれると安心してしまい、どうにでもしてほしくなる。

指の腹で先端を撫でまわしたり、括れを爪先で弾いてみたり、バリエーションのある動かし方に、玲はたちまち昂《たかぶ》った。

「あっ、あっ、いや、……気持ち、いい……っ」

快感をやりすごそうと、脚を伸ばしたり曲げたりする。狭いバスタブでは稼働域が制限されて、アレクサンドルにしがみつくしかなかった。

充血した陰茎が、痺《しび》れたようになっている。腰が浮き上がり、もっともっととせがんでしまう。

達してしまうのが惜しかった。

なぜこんなことになったのか、快感でぼうっとした頭ではなにも考えられないが、大好きなアレクサンドルに触られているという事実だけが、実感としてある。

「サーシャ、ん……っ、サーシャ」

玲は力の抜けた身体をどうにか動かし、アレクサンドルの首に両腕をまわして抱きつくことに成功した。

顎に額《ひたい》を擦りつけ、頬《ほお》に頬を擦り寄《す よ》せる。玲が熱を持ちすぎているのか、アレクサンドルの冷たい肌が心地いい。

瞼《まぶた》を押し上げれば、引き結ばれた薄い唇が見えた。

キスがしたい。

そう思ったときには、玲はもう動いていた。アレクサンドルを引き寄せ、首を伸ばして、唇を押しつける。

避けられるかと思ったが、アレクサンドルは無反応だった。

人型のキスのやり方なんて知らないから、狼のときにするように舐めまわしてみる。

人型の口は小さく、舌は短い。舐めても吸っても甘く噛みついても、もの足りない感じがするのは、アレクサンドルが応《こた》えてくれないからだ。

玲の胸がきゅうっと痛んだ。

離れている間に自覚した想いを、黙っていることができない。アレクサンドルに知ってほしかった。

どれだけ玲が彼を好きでいるか。彼との再会をどんなに楽しみにしていたか。

「……サーシャ、俺、サーシャのことが……んんっ！」

アレクサンドルの口がいきなり開き、玲の唇を吸い上げた。

ぬるぬるした舌が差しこまれ、口内をまさぐってくる。玲は呆然としながら目を瞑《つむ》り、それを受け入れた。

混ざった唾液が溜まり、こくりと飲みこめば、下腹がカッと熱くなる。

玲の陰茎を扱く手が激しくなった。根元から先端まで規則正しく上下に擦られ、閉じた瞼の裏に白い星が瞬《またた》く。

「ん……むぅ……んっ、んっ」

絶頂への階段を駆け上りながら、性器への刺激と同じくらいキスにも感じている。

鼻でしかできない呼吸が苦しくて、でもキスはやめてほしくなくて、息苦しささえも愉悦の一部に変換されていた。

――サーシャ、サーシャ、大好き……。

ふさがれて言葉にできない思いを、絡まる舌に乗せて伝える。

陰茎が脈打ち、二度目の精液がアレクサンドルの指を濡らした。一度目のような爆発的な勢いはないが、その代わりに深い。

「……っ」

身体が宙に浮き上がったような気がして、アレクサンドルに必死にしがみつく。

キスは継続している。絶頂にわなないている舌を吸われていた。

溢《あふ》れる唾液、淫《みだ》らな呼気と甘い嬌声《きようせい》を、アレクサンドルは取り零すことなく啜《すす》り飲《の》んでいる。

アレクサンドルとした、一番親密な行為かもしれない。玲を突き放そうとしたくせに、どうしてこんなに力強く抱き締めてくれるのだろう。

まるで、愛《いと》しくてたまらないみたいに。

なにも考えたくなかった。今のこの、幸せな瞬間だけを感じていたい。

思考を放棄すると、頭が真っ白になった。

いろんなことがありすぎて、今日はとても疲れた。このまま眠ってしまいたい。

玲は幸福のなかで脱力し、夢の世界に逃げこんだ。

5

イタリアから帰国した玲《れい》は、真神鋼《まがみはがね》に口頭で叱責され、自室での謹慎処分を受けた。

玲の住まいは、神名火《かんなび》の中心地にあるマンションの一室である。神名火内外に住む、群れの人狼族《じんろうぞく》に関するすべてのデータを管理している管制センターが近くにあり、警備も厚く、神名火でもっとも安全だと言われている場所だ。

食材など必要なものは、頼めば顔見知りの人狼たちが交替で持ってきてくれた。もともと単独での外出は禁止されていたし、外に出たいほうでもなく、満月期には監視つきで山を走らせてもらえたので、今回の処分は玲自身には罰則というほどの効果はない。

それよりも隼斗《はやと》に課せられた処分が、玲に深いダメージを与えた。

隼斗は主犯として、玲の複雑な事情を知っている上位の人狼たちの前で鋼によって肉体的に制裁を加えられ、十日間の矯正ケージ収容を命じられた。

制裁の一部始終を、玲も見させられた。

人狼の制裁は、狼《おおかみ》の姿で行われる。真神が変身した黒に銀の雲母《うんも》を散らした巨大な狼が、彼よりは少し小柄な濃いクリーム色の毛皮をまとった狼を一方的に攻撃した。体当たりし、嚙みつき、弾き飛ばす。

純血人狼の治癒力は高いが、治癒速度が間に合わないほどの激しい攻撃に、隼斗はじきに血塗《ちまみ》れになった。抵抗は許されず、終わりまで耐えるしかない。

このような場面を初めて見た玲は狂乱した。

『やめてください！　俺のせいなんです！　制裁なら俺が受けるから、お願いだから、隼斗を許して！』

泣き叫び、隼斗を助けようと必死になって暴れたけれど、駄目だった。

これが鋼が定めた神名火のルールなのだ。

自力で立てないほどぼろぼろになった隼斗は、狩野《かりの》に担がれてそのまま矯正ケージにぶちこまれた。

玲は自室に連れていかれ、玄関に外から鍵をかけられた。謹慎は無期限で、今すぐにでも隼斗に会って一万回でも土下座をして謝りたいのに、その機会さえ与えられない。

隼斗は一週間前にようやく矯正ケージを出され、玲と同じように彼の住まいで謹慎させられているはずだった。

「……俺が全部悪い。隼斗ごめん、ごめんね」

隼斗には聞こえなくても、玲は毎日何回も謝りつづけた。

叱責は覚悟のうえだったが、こんな厳しい制裁があるなんて思いもしなかった。いや、玲が神名火を出ることが、ここまで大問題になるとは思わなかったのだ。

隼斗は鋼の従弟《いとこ》で、仲もいい。お目零《めこぼ》しがあるかも、などと期待さえしていた。なにもかもが甘かった。

隼斗の犠牲によって得られたアレクサンドルとの再会は、結局よくわからないものとなり、玲にいっそうの恋着をもたらした。

イタリアでのあの夜、バスルームでアレクサンドルに性器を扱《しご》かれ、二度吐精して意識を失った玲は、翌朝ベッドの上で目覚めた。

アレクサンドルはどこにもおらず、隼斗が隣室で玲が起きるのを待っていた。アレクサンドルから連絡を受けて、玲を迎えに来たという。

その後の行動も細かく指示してきたそうで、二人はそれに従い、最速最短で日本に帰国した。昨夜、ホテルから出現した狼に似た動物を捕獲せんと街中には警察と犬がうろうろしていて、一刻も早く離れたほうが身のためだった。

隼斗はチャリティパーティの会場でミハイルを強引に連れだしたあと、当然のようにミハイルの逆襲に遭《あ》った。アレクサンドルの部下の人狼はミハイル以外にも数人いて、拘束《こうそく》した隼斗を車に乗せ、人気《ひとけ》のない倉庫へ連れていったという。

しばらくすると、アレクサンドルとミハイルが来て教育的指導が行われ——玲に内容は教えてくれなかった——隼斗も従順にそれを受け入れたので、玲が待つホテルに帰してもらえることになった。

そのとき、玲を数時間一人きりにしてしまったことを案じ、ミハイルがホテルに電話をして玲の部屋へ繋いでもらおうとしたが、呼び出し音が虚《むな》しく響くばかりだった。

なにかよからぬことが起こっているのではないか、最悪、戻り狼を狙っている誰かが玲の存在と居場所を嗅《か》ぎつけ、拉致《らち》したのではないかと危惧《きぐ》したアレクサンドルは、ホテルの支配人に玲の部屋を確かめるよう依頼した。

つまり、ミハイルとアレクサンドルの余計なお世話が、獣化しながらも、おとなしく隼斗を待っていた玲を追いつめたのだ。

ここ数年の玲はハーブと自分の身体の折り合いを見つけ、満月期を除いて、獣化衝動を上手にコントロールしていた。さらに隼斗が、本日のハーブの摂取時間にはまだ早いと言ったために、アレクサンドルたちはまさか玲が獣化しているとは思わなかったらしい。

『それだけ戻り狼を狙うやつらを警戒してるってことだ。あの慌てようは、もしかすると心当たりがあるのかもしれん。彼らの緊張感に俺がビビって、仔狼みたいに尻尾《しっぽ》を股に巻きこみかけたくらいだ。支配人を部屋に向かわせたのはまずかったが、一秒でも早く状況を知りたかったんだろう。お前を知らないと言ったり、冷たく当たったのも、そのあたりが関係しているんじゃないかと、俺は思う』

帰りの飛行機のなかで、別行動時の経緯を説明しながら、隼斗は意見を述べた。

それを聞いて、玲の心を満たしたのは安堵《あんど》だった。

玲が行方不明になったと思って、アレクサンドルが慌てた。電話に出なかったのは獣化していたせいだとすぐにわかっただろうが、ダストボックスで途方に暮れていた玲を助けてくれた。

そして、汚れた身体を洗ってくれ、欲情した玲を二度も慰めてくれた。息が止まりそうな深いキスもした。

なぜ、そんなことをしてくれたのか知りたい。

玲はアレクサンドルが好きだ。告白したかったけれど、キスで遮《さえぎ》られて結局言えないままだった。

それが、喉《のど》に刺さった小骨のように気になっている。玲に触れる手つきは優しかったものの、ほとんどしゃべらなかったアレクサンドルの態度からして、告白しても玉砕《ぎょくさい》に終わった可能性は高い。

それでも、言おうと決めたことが言えなかった心残りは、意外に大きかった。

「……俺って本当に最低だ。隼斗をあんな目に遭わせておきながら、まだサーシャに会いたいと思ってる。サーシャに会うための方法を考えてる……」

絶望的なまでの身勝手さと罪深さに、玲はおののいた。

謹慎が解けないのは、きっとそのせいだ。誰にも言っていないが、鋼には玲の気持ちなどお見通しなのだろう。

とはいえ、謹慎を解いてもらっても、玲一人では情報を集めることさえできない。これ以上、隼斗は巻きこみたくないし、監視も厳しくなっている。

結局、玲はなにもできないまま、状況が変わるのを待ちつづけるしかないのだ。

ベッドで寝返りを打ったとき、インターフォンが鳴った。

モニターに映像を映すと、ドアの向こうに立っていたのは、鋼の妻の瀬津《せつ》だった。

「瀬津さん！　どうぞ、入ってください」

機器越しに応じれば、解錠の音が聞こえたのちにドアが開き、瀬津が入ってきた。今、玲の部屋は内側ではなく、外側から施錠されている。

「お邪魔します。玲、調子はどう？」

「変わりありません」

玲は瀬津をリビングに迎えた。

知り合いが少なく、さらに謹慎処分中の玲の部屋へ入れるものは数えるほどしかいない。教育係の隼斗が来られない今、孤独な玲を慰めようとしてくれているのか、瀬津は二日に一回はこうしてやってきて、相手をしてくれる。

「家にフルーツがたくさんあったから、玲と一緒に食べようと思って持ってきた」

そう言って、瀬津は無花果《いちじく》や枇杷《びわ》、ブルーベリー、さくらんぼ、グミの実などを取りだしてテーブルの上に並べた。

「おいしそうですね」

「だろ？　グミの実はうちの庭に生《な》ってたのを取ってきた。独特の渋みがあるけど、甘酸っぱくて好きなんだ」

「俺も好きです」

「よかった」

瀬津はふわりと微笑《ほほえ》み、玲はその表情に少し見惚《みと》れてしまった。

玲より三つ年上なだけだが、落ち着きがあって、真夏の暑い日でも涼しげに見える美しい人だ。白いシャツにブルージーンズというラフな格好が、よく似合っている。

瀬津の頭には新雪みたいに真っ白な狼の耳が生え、同じ色の尻尾が腰の向こうでゆらゆら揺れていた。

玲も同じように、黒い耳と尻尾を出している。

日本の人狼族には、人型で同族と会うときには、狼の耳と尻尾を出しておくという礼儀作法がある。口では嘘をつけても、耳と尻尾は嘘をつけない。それを相手に見せることで、誠実さを示しているらしい。

習得には多少コツが必要なそれを、十五歳までにできるよう訓練する。

ロシアにはそんなマナーはなかった。せいぜい、人型で子どもをあやすときに、耳や尻尾を部分的に獣化するくらいだ。

他の群れと縄張り争いなどで交渉する際にも、耳と尻尾は必須という日本の人狼社会独特の習わしに、最初は玲も戸惑ったものだが、もう慣れてしまった。

「ずっと家から出られなくて、退屈だろう？」

「いいえ。俺はもとから、あまり外には出なかったので。それに、こないだの満月期には狩野さまが山に連れだしてくれて、一緒に走ってくれたんです」

「満月期のきみに、部屋に閉じこもってろっていうのは虐待だからね」

ハーブでかなり改善してはいるが、満月の前後を含む三日間だけは、玲はどうしたって狼に獣化して人型には戻れない。

狭い家のなかで、狼の性分を抑えこむのは肉体的にも精神的にも苦痛を伴う。

「謹慎中なのに、助かりました。……隼斗も、走らせてもらえてればいいんだけど」

「隼斗なら、鋼さんと俺と一緒に走ったから、心配しなくても大丈夫だよ。毎日退屈だ、玲に会わせろって喚《わめ》いて、鋼さんに吹っ飛ばされてた。懲《こ》りないっていうか、度を越えてポジティブっていうか、あれは真神家の遺伝なのかな。だったら、困るなぁ……」

赤いグミの実をひとつ摘《つま》んで口に入れ、ぼやく姿は悩ましげだ。

瀬津は群れに所属せず、一人で生きるはぐれ狼だったそうで、三年前に鋼と結婚して群れに入ったため、玲のほうが神名火で暮らした年数は長い。

初めて紹介されたときから、玲と瀬津には奇妙な連帯感のようなものが生まれていた。

お互いが、普通の人狼とは違っていたからだろう。

瀬津は人間の血が混じった混血人狼にもかかわらず、獣化できる珍しい先祖返《せんぞがえ》りで、しかも、雄《おす》と雌《めす》の性器を有する両性具有だった。

外見や仕草、言葉遣いは男性だし、匂いもほとんど雄だが、鼻のいい人狼には仄《ほの》かに雌の匂いが嗅ぎ取れる。

玲の鼻も敏感に反応し、雄なのに雌の匂いがするのが不思議でたまらなかった。

気になってこそっと匂いを嗅いでいたら鋼に見つかり、嚙み殺されるかと思うほど激しく威嚇《いかく》され、バレたらしようがないと言わんばかりに、上位の人狼だけに明かされていた両性具有という秘密を教えてもらった。

今の瀬津は、誰の鼻も誤魔化《ごまか》しようがないほどに雌の匂いが強くなっている。

妊娠しているのだ。

まだ目立たないけれど、玲の耳には瀬津の腹で脈打つ胎児の心臓の音が聞こえる。

「あの、大丈夫ですか？　つらかったら横になってくださってもかまいません」

瀬津のほっそりした顔に疲れが見えて、玲は気遣った。

人狼族は妊娠しにくい種族なので、身ごもっている雌はなにを置いても優先され、子どもたちは非常に大事にされる。それはロシアでも日本でも同じだった。

玲が相手だと気安くなるのか、瀬津はあっさりと弱音を吐いた。

「ありがとう。食欲がなくて体調もおかしいし、こんな身体だからいろいろ不安もあって、正直、一人でいると気が変になりそうなんだ。でも、なんでかわからないけど、玲のそばにいると落ち着く、というか、気分がよくなる」

「気のせいじゃないですか？　俺はなにもしてません」

「違う、気のせいなんかじゃない。絶対に。きみが謹慎で部屋を出られないのをいいことに頻繁に押しかけて、悪いとは思ってる」

「そんなこと！　俺は瀬津さんが来てくれて嬉しいです」

玲は力をこめて言った。

瀬津と話すのは本当に楽しいし、彼が隼斗の話をしてくれるのもありがたかった。

制裁直後はぐったりしていた隼斗が、矯正ケージに入れられるころにはすっかり怪我《けが》も治癒していたこと、ケージのなかでやることがなくて筋トレに励んでムキムキになっていること、ケージを出されて自宅謹慎になったことなど、自分から進んでは口にしないが、玲が訊《たず》ねれば、話してもいいだろうと彼が判断する範囲内で教えてくれる。

そのおかげで、不安定だった精神状態がずいぶん落ち着いた。玲の精神状態は獣化コントロールに反映するので、瀬津が気遣ってくれているのかもしれない。

「なら、いいんだけど。さ、食べよう」

「はい。いただきます」

食欲のなかった玲も、色とりどりのフルーツを見ていると空腹を覚えてきて、遠慮なく手を伸ばした。

二人でかなりの量のフルーツを消費し、満腹になったあたりで瀬津が言った。

「こんなに食べたの、久しぶり。やっぱり玲といると調子がいいな。ロシアにいたときは、そう言われたことなかった？」

「……そういえばニーカが、ニーカは満月期にはすごく凶暴になってしまう雄なんですけど、俺といるようになったら落ち着いてきたって、サーシャに言われたことはあります。俺にはよくわからなかったです」

アレクサンドルと過ごした幸せな日々を思いだして、玲は俯《うつむ》いた。

「玲から人を穏やかにさせる、特殊なフェロモンみたいなものが出てるのかもな」

「それって、俺が戻り狼だというのと関係あるんでしょうか」

瀬津は腰を上げ、玲の隣にやってきて座った。

「どうだろう。俺ははぐれ狼で、あんまり人狼族のことを知らないんだ。戻り狼というのが、どういうものなのかも。でも、自分自身のことがよくわからない不安やもどかしさは、俺が一番よく知ってる。真実がどこにあるのか、自分で突き止めたい気持ちもわかる。だけど、今は我慢してほしい。鋼さんは厳しいし、なにも話してくれないけど、それはきみを守るためなんだと思う。だから、信じてあげて」

肩をそっと抱き寄せられて、玲が瀬津に軽くもたれかかったとき、瀬津がジーンズのポケットに入れていた携帯電話が鳴った。

「鋼さんだ。ちょっとごめん」

そう断って、瀬津が電話に出る。

ソファに座ったままなので、鋼の声が玲にも聞こえた。瀬津が玲の部屋にいることを話すと、そちらに行くからお前は屋敷に帰っていろ、と鋼が言っている。

わかった、と瀬津が即答しているのに、鋼は夫の勘でなにかを感じたのか、本当にわかったんだろうな、早く帰れよと何度もしつこく繰り返し、結局瀬津は鋼がしゃべっている途中で通話を切り、電源を落とした。

「あの、瀬津さん」

「なに?」

瀬津は感じよく微笑み、テーブルの上を片づけ始めた。

しかし、帰る様子はない。群れの絶対的存在であるアルファの命令を無視する気満々で、玲のほうがどきどきしてしまう。

かといって、玲が追い帰せるわけもなく、三十分ほどで来客を知らせるインターフォンが鳴った。

ドアの向こうには鋼だけでなく、狩野と隼斗も一緒にいた。

隼斗の顔を見たのは久しぶりで、アルファとベータの前だということも忘れ、玲は隼斗に飛びついた。

「隼斗！　ごめんね、ごめんね！　俺のせいで、ごめん……！」

「わかった、大丈夫だから、玲。落ち着け。俺はピンピンしてるうえに、謹慎期間を筋トレで有意義に過ごしてムキムキだ。心配すんな」

「俺、あんなことになるなんて思わなくて……、俺が悪いのに、隼斗だけが……っ」

「よしよし、大丈夫だって。お前は泣き虫だな」

「実行犯は隼斗だから、当然の結果だ。あれくらいですんでよかったと思え。俺はお前のサーシャから、隼斗の身柄をロシアに寄こせと言われたんだぞ」

「え？」

隼斗に齧《かじ》りついてしゃくりあげていた玲は、鋼の言葉にはっと顔を上げた。

鋼が玲にアレクサンドルのことを話すのは珍しい。いつもは玲が訊ねても、絶対に教えてくれないのだ。

「お前をイタリアに連れていって危険に曝《さら》したこと、強引に再会させたことが、よっぽど腹に据えかねたらしい。隼斗を八つ裂きにして山に放りだして、熊に食わせてもまだ足りないとか言っていた。それを神名火での処分ですませるように交渉してやったんだ。ありがたいだろうが」

鋼は自分の家のように堂々と上がりこみ、勝手にリビングに入っていった。

ソファに座っている瀬津を見て小言を言いかけたが、瀬津が先手を打って頬にキスした途端、にやけた顔で黙った。

だが、そんなことはどうでもいい。

玲は隼斗から離れ、鋼につめ寄った。

「あの、あの、サーシャと連絡を？　彼はなんて……？」

鋼、狩野、隼斗のまとう雰囲気が硬質なものに変わったのを、玲は敏感に感じ取った。

いやな予感がして、うなじの毛が逆立つ。

隼斗は玲をソファに座らせ、自分も隣に座った。

正面には鋼と瀬津が座り、狩野はテーブルの横に立っている。さながら、有事に備える戦士のようだ。

「玲、できるだけ落ち着いて聞いてくれ。お前の身柄をエリニチナヤから預かったとき、お前にはいっさいの事情を説明するな、という約束をニコライと交わした。隼斗がお前に教えてしまったようだが、ニコライからアレクサンドルに代替わりしても、その約束に変更はなかった。だから、今から話すことについて、アレクサンドルの許可は取っていない。しかし、黙っておける事態ではなくなったと判断して、話すことにした」

玲は身を乗りだし、鋼の言葉に全身で耳を傾けた。

「今まで、エリニチナヤとは定期的に連絡を取ってきた。こちらはお前の様子を知らせ、向こうはロシアの状況を知らせてくる。お前と隼斗がイタリアへ行って無茶をしたときは、恐ろしい勢いで電話がかかってきた。その後も隼斗の処分や、お前のことを知らせていたんだが、五日前から連絡が取れなくなった。俺はお前の父親に連絡して、様子を見に行くように頼んだ。ロシアにいて、一番早く動けるのは祐一郎《ゆういちろう》だけだからな」

「そ、それで？」

鋼に飛びかかってしまいそうな玲の腰を、隼斗が摑んでソファに無理やり座らせた。

「どうやら、エリニチナヤは他の群れから襲撃を受けたらしい。縄張りの中枢《ちゆうすう》と、アレクサンドルの住まいが同時に攻撃され、アレクサンドルは行方不明で、エリニチナヤの誰とも連絡が取れない。大量の火薬が使われたらしく、アレクサンドルが住んでいた高級アパートは倒壊していたそうだ。人間にも被害が出ている。当然、警察や軍も出動しているから、縄張りのほうには近づけなかったらしいが、似たようなものだろうと言っていた。襲撃した相手はわかっていない」

「サーシャが行方不明……？」

玲は呆然《ぼうぜん》と呟《つぶや》いた。

よく理解できなかった。理解したくなかったのかもしれない。そのような事態は、想像したことさえなかった。

「そうだ。あの男がお前を置いて、そう簡単にくたばるわけがない。周到な男だから、あらかじめ用意していた隠れ家かどこかで、身を潜めているんだろう。祐一郎も大っぴらには動けないんだ。正体のわからない敵に、エリニチナヤの仲間だと思われたら、彼も襲われる。慎重にならざるをえない」

鋼の言っていることが徐々に頭に浸透していくにつれ、玲は焦燥《しょうそう》の塊《かたまり》となった。

「お、俺、ロシアに……ロシアに行く……！」

「待て！　落ち着けよ！」

「これが落ち着いていられるか！」

自分を押さえつける隼斗を、玲は跳ね飛ばそうとしたが、筋肉を増やした隼斗は重くて逃げられない。

「玲、動揺するのはわかるが、よく考えろ。お前になにができる？　行ったところで、足手まといになるだけだ」

「じゃあ、ここで待ってろって言うんですか？　今までどおりに？　八年待っても、サーシャは来てくれなかったのに！」

玲は鋼を睨んで鋭く叫んだ。

アルファに対する口の利《き》き方ではない。わかっていても、止められなかった。誰でもいいから噛みつきたいほど苛々《いらいら》している。

「お前のサーシャがなにを考えているのか、俺にはわからん。だが、お前はやつからの預かりものだ。傷ひとつつけるなと言われている。こちらからも調べてみるつもりだが、下手《へた》に動かず、向こうから連絡があるのを待つほうがいい。それが一番安全で、アレクサンドルが望んでいることでもあるだろう」

「いやです……！　俺はもう待ちたくない、サーシャに会いたいんです」

「どこにいるかわからないのに、どうやって会う？　子どもみたいなことを言うな。待つ以外にお前にできることはない。現実を見ろ」

「……！」

アルファの声で叱責されて、玲は股の間にしまう代わりに、尻尾を両手でぎゅっと掴んで握り締めた。耳も地面と水平になるまで倒れている。

玲にできることがないのは、誰も玲に教えてくれないからだと思う。飛行機の乗り方、ホテルの予約の仕方、必要な情報を取得する方法などなど、教えてくれたら、玲にだってきっとできる。

なにも教えてくれず、玲が一人で学習できる機会も与えられず、お前にできることはなにもないと叱られるなんて理不尽《りふじん》だ。

「玲はまだ子どもなんだ。二十歳にはなったけど、人型になってからはまだ十三年ほどだ。頭ごなしに叱ったら怯えるだろう」

玲を押さえこんだまま、隼斗が鋼に抗議した。

「二十歳だろうが十三歳だろうが、やるべきことと、してはいけないことの区別はつけておかなければならない。できないことを把握しておくのも大切だ。それが自分の身を守り、群れを守ることにもなる。隼斗、お前は甘やかしすぎだ」

「甘やかしてねぇよ。結局、玲の希望はいつだって、なにひとつ通ってないじゃないか。玲を今まで子ども扱いしてきたのは、お前やアレクサンドルたちだろう。こんなときだけ大人になれってのは都合がよすぎる」

隼斗の言葉は、玲の気持ちを正しく代弁してくれていた。

玲は今まで、散々《さんざん》泣き叫んで抵抗してきた。

エリニチナヤから出されるときも、エリニチナヤの仲間と連絡を取るなと言われたときも、少しでいいからアレクサンドルのことを教えてくれと頼んだときも、そして、アレクサンドルと再会し、一緒にいたいと懇願《こんがん》したときも、玲の願いはことごとく無視された。

玲を支えていたのは、アレクサンドルの存在だけだった。それが危うくなっているというのに、なにもできない、してはいけないなんてあんまりだ。

ロシアに飛んで、アレクサンドルを探したい。無事な姿を確認したい。そう願っているだけなのに。

「う、うう……っ」

玲は尻尾を掴んだまま、身体を丸めて唸《うな》った。

ハーブは今朝飲んだばかりだ。外には出られないから、少し濃いめに煮だした。なのに、覚えのある熱が全身を燃えたたせようとしている。

我慢しないといけない。みんなが玲を子ども扱いするのは、獣化衝動をコントロールできないからだ。

ショックなことがあったり、体調を崩したりすると、すぐに狼になってしまい、人型にはなかなか戻れない。

飛行機の乗り方、ホテルの予約の仕方、必要な情報を取得する方法など、狼に教えたところで、意味はない。狼は飛行機に乗れないし、ホテルにも泊まれない。仮に必要な情報を取得できたとしても、狼にできることなどなにもない。

アレクサンドルの行方を探す？　倒壊したアパートの周囲を、狼がうろついていたら射殺されてしまう。

鋼の言ったとおりだ。

これは玲が一生抱えつづけなければならないジレンマだろう。

軋《きし》むほど奥歯を噛み、捩《ね》じきらんばかりに尻尾を絞って痛みを与えても、一度生じた衝動は収まらない。

「もう駄目だっ、ごめんなさい……っ！」

玲は隼斗を投げ飛ばす勢いで振り払い、ソファの背を飛び越えて寝室に飛びこんだ。獣化するときのエネルギーは、小柄な身体にもすさまじい力を生じさせる。

光の速さでジーンズを脱いだところで、玲は前のめりに倒れた。もう手が前肢《まえあし》に変わっている。

人型に戻るときは、何倍もの時間と苦痛を味わうのに、狼になるのは一瞬だ。

玲は情けない思いで、毛むくじゃらの身体をくねらせてシャツから抜けだし、爪で下着を引っかけて後肢から抜いた。

恥ずかしくて、リビングには戻れなかった。

——なんで俺はこうなんだろう。どうして、戻り狼なんかに生まれたんだ。普通の人狼がよかった。そうしたら、サーシャと離れずにすんだし、今だってサーシャと一緒に戦えたはずなのに……。サーシャはきっと無事だ。俺のサーシャが負けるわけがない。

玲は前肢の間に鼻面《はなづら》を突っこみ、涙を堪《こら》えようとした。

我慢しきれずに漏れてしまうキュウンキュウンという鳴き声に、リビングにいる大人たちが胸を痛めていることも知らず、行方不明の恋しい男に思いを馳《は》せつづけた。

6

玲《れい》は隼斗《はやと》と狩野《かりの》に連れられて、山中を駆けていた。

エリニチナヤ襲撃、アレクサンドル行方不明の報《しら》せを聞いて四日が経ったが、新しい情報は入ってこない。

隼斗が作ってくれたハーブを毎日飲んでいるものの、玲はどうやっても人型になれなかった。変身の仕方を忘れてしまったようだった。

獣化すると、外を走りたくなる。それが人狼《じんろう》の本能で、玲を部屋に閉じこめておくのはかえって危険ということになり、一昨日《おととい》の夜からこうして走らせてもらっている。

真神《まがみ》の縄張りのこの山は、居住区の神名火《かんなび》から少し離れたところにあり、獣化した人狼たちが本能のままに駆けめぐるための場所である。

玲はほとんど無心で走った。昨日も一昨日もそうだった。

走って走って、疲れ果てて倒れるほど走らなければ、ロシアに行きたい気持ちが暴走し、頭がおかしくなってしまう。

玲を日本に縛りつけるすべてのものに怒りを感じ、飛行機にも船にも乗れないのなら、泳いでロシアに渡ろうかと本気で考えるくらいに、理性が失われている。

今はまだ、泳いで渡れる距離ではないと正気に戻るときがあるけれど、その時間もどんどん短くなっていた。自分では、どうにもならないのだ。

せせらぎの音が近くなり、少し、隼斗たちと距離が開いてしまったので、給水も兼ねて小川で待つことにする。

走っていれば、煮つまりきってどろどろになった頭のなかも少しはすっきりして、人間的な理性というものが顔を出す。

舌で掬《すく》い取《と》って飲む水の冷たさ、木々の枝葉が風で揺れる音、土や湧き水の匂いも、荒ぶろうとする神経を鎮める役に立った。

風の向きが変わった。

「……？」

前肢《まえあし》を伸ばし、尻を突きだして伸びをしていた玲は、不意《ふい》によくない気配を感じ、一瞬にして戦闘態勢を取った。

守られて育ってきた玲に実際の戦闘経験はないけれど、いざというときのための訓練は受けている。なにより、狼《おおかみ》の本能が生き残るすべを知っていた。

隼斗と狩野の足音は聞こえている。今夜、山に入るのは三人だけだったはずだ。予定外の仲間が来ても、気配を殺す必要はない。

なのに、ここには彼らだけではないなにかが潜《ひそ》んでいる。森の空気が違う。

立ち止まっているのは危険だ。戦って勝つのは大事だが、敵の正体がわからない場合は逃げたほうがいい。

逃げやすい道を思案していると、木の陰から弾丸のように飛んでくるものがあり、玲は咄嗟《とっさ》に飛び退《の》いた。

地面に着地したところへ、別方向からもう一頭飛んできて、もつれ合う。

「グアウッ、ガァッ」

噛みついてくる口を前肢で払った玲は、相手の喉元《のどもと》を狙ったが、かわされて耳に噛みついた。最初に飛んできたほうが、玲の喉を狙ってくる。

玲は耳を離し、慌てて距離を取った。一対一ならともかく、二頭とも玲が一人で相手をするのは厳しいかもしれない。

隼斗の遠吠えが聞こえた。玲に危険を知らせている。

こちらに向かって走っていたはずなのに、まだ来ないということは、敵はこの二頭だけではないのだろう。

二頭が同時に飛びかかってきて、玲の背中を牙《きば》が滑った。血が出たのがわかった。あまり痛くないから深手ではない。

お返しに、腹に噛みついてやった。血の味が口に広がる。引き裂いてやるつもりだったのに、もう一頭に体当たりされて吹き飛んだ。

鼻に皺《しわ》を寄せ、牙を剝《む》きだしにしている二頭の後ろから、狩野が猛然と走ってきた。スピードを落とさないまま、玲に近いほうの一頭のうなじあたりに嚙みついた。

「グァ……ッ！」

狩野の牙は深く刺さっている。

玲が残りの一頭に向かって身を躍らせるより、そいつが狩野に飛びつくほうが早かった。敵は仲間を助けると、一目散《いちもくさん》に麓《ふもと》のほうへ走って逃げた。

追いかけようとした玲を、狩野が止めた。

ほどなくして、隼斗も走ってこちらに来た。口や毛皮に付着する血の量から、激しい戦闘があったと予想される。血の大半は敵のもののようだ。

三人は警戒しながら車を停めてある場所まで戻り、車に異常がないか確かめた。侵入者が細工《さいく》して、ドアを開けた途端にドカン、という可能性もある。

幸いにも誰かが触れた形跡も匂いもなく、隼斗と狩野は素早く人型に変身すると、服を着た。狩野が運転席に座る。

玲は隼斗が開けてくれたドアから後部座席に飛び乗り、足元に蹲《うずくま》って姿を隠した。

「さっきの、日本のやつらじゃなかった」

「ああ。玲を狙っていた二頭に殺気は感じられなかったが、私たちを足止めしようとした二頭には殺気があった。……目的は玲の生け捕りかもしれん」

走行する車のなかで、狩野と隼斗の会話に耳を傾けていた玲は、そわそわして尻尾《しっぽ》を揺らした。

——俺の生け捕り……？　どういうこと？

玲の疑問が聞こえたかのように、狩野が言った。

「戻り狼を手に入れたいんだろう。私も真神さまから戻り狼の伝承についての説明を受けている。伝承の効果が本当かどうか確かめるには、生きたまま捕らえたほうがいい。とくに、生き血を啜《すす》りたい場合は」

「狩野さん」

言いすぎですよ、と言わんばかりに隼斗が制したが、狩野はため息をついてつづけた。

「戻り狼の血を飲めばあらゆる病《やまい》や怪我《けが》が治り、牙を削ったのを舐めれば寿命が延び、剝《は》いだ毛皮を被《かぶ》れば人間も狼になれる。そんな都合のいい話があるものか。戻り狼の伝承なんて、おとぎ話だと私は思っている。しかし、こうして玲が襲われた以上、おとぎ話を真実だと完全に信じこんでいるやつらがいるということだ。最悪なことに、玲が神名火にいることも、今夜はここに来ていることも把握されている」

「……どこから情報を。また裏切り者が」

隼斗の重苦しい呟《つぶや》きを最後に、車内は沈黙した。

彼が、また、と言ったのには理由がある。

三年前、神名火の仲間たちが人間に拉致《らち》され、実験動物として飼われるという事件があり、瀬津《せつ》も被害に遭《あ》った。

瀬津を拉致するための情報を人間側に与えたのは、鋼の幼馴染《おさななじ》みである純血人狼の雌《めす》だった。瀬津が鋼の妻になると聞いて、嫉妬《しっと》したのだ。

幸い、隼斗が雌の裏切りに気づき、鋼は純血人狼を率いて瀬津や捕らえられていた仲間たちをすべて救出し、人間には制裁を与え、事件は解決したが、同族の裏切り、しかも人間に売り渡す最低の裏切りは、群れに怒りと動揺をもたらした。

今度は玲が売られようとしているのか。いったい誰から、誰に。

玲は呆然《ぼうぜん》としつつ、事態の把握に努めようとした。

人型でいるときも、玲の脳細胞の働きは褒められたものではないが、狼のときはさらに鈍く、複雑なことが考えられない。

けれど、毎日浴びるようにハーブを飲み、ハーブの風呂に浸《つ》かっても人型になれないのだから、狼の単純な頭を使うしかなかった。

さっきの狼は日本の人狼ではないと言っていた。二頭がまとっていたダークグレーの毛皮は、日本人狼にもいないことはないが、ロシアでよく見かける色だ。

戻り狼の伝承を知るロシア人狼が玲の居場所を摑み、生け捕りにするために襲いかかってきた、ということか。

「……っ」

今になってぞっとしてきて、玲は震え上がった。

血を啜られ、牙を削《そ》がれ、毛皮を剝がれるなんて真《ま》っ平《ぴら》ごめんだ。玲の毛皮を被っただけで、どうして人間が狼になれるのだ。

そんな荒唐無稽《こうとうむけい》な話を信じているものたちがいることが恐ろしい。

ニコライから初めて戻り狼の伝承と、襲われる危険性について聞かされたとき、玲の頭はそれを切羽《せつぱ》つまったものだと捉えていなかった。実際に襲われたわけでもなく、具体的な敵が存在しているとは思えなかった。

しかし、それは違っていたようだ。敵の姿が見えたからこそ、ニコライは玲をエリニチナヤから出して守ろうとしたのではないか。

日本にやったことを隠すために、エリニチナヤの仲間たちと連絡を取らせないようにし、神名火でも上位の人狼にしか、玲の素性を知らせなかった。

「……クァウ！」

はっとなって、玲は妙な声をあげてしまった。

助手席の隼斗が振り返り、手を伸ばして玲の身体を撫《な》でた。

「どうした、玲。追手がいるかもしれないから、念のために遠回りしてるんだ。狭いだろうが、もう少し我慢してくれ」

「クゥ」

了解の声で鳴いてみせる。

——サーシャが、いやエリニチナヤが襲われたのも俺のせいなんだ、きっと……。

玲は声を漏らさないように、前肢を噛んだ。

あまりにも遅いけれど、さっきそのことにようやく気がついた。

日本への強制移動は極秘《ごくひ》だったため、敵は玲がずっとエリニチナヤにいると思っていた。だから、エリニチナヤを襲撃し、見つけられずにアレクサンドルのアパートまで吹き飛ばしたのだろう。

そして、ついに玲が日本にいることを突き止め、ここまで追ってきた。

どこの誰がと考えたときに、ふとタイドゥラの名前が浮かんだ。

百年以上前から、縄張りを争ってエリニチナヤと対立し、七年前についに大規模な戦闘となり、今は消滅している群れである。

縄張り争いが原因だと聞いていたが、もしかすると、あれも玲を捕まえるための戦いだったのかもしれない。

——だとしたら、ニコライが死んだのは俺のせいじゃないか。ヴァシーリィがベータを退かないといけないほどの怪我をしたのも。……サーシャは怒ってるんだ。ニコライを殺して、群れを滅茶苦茶《めちゃくちゃ》にした原因の俺を。

愕然《がくぜん》とするあまりに力が入り、前肢から血が出るほど牙が深く刺さっていることに、玲は気づかなかった。

考えれば考えるほど、それしかないと思える。

アレクサンドルの冷たい態度の謎が、一気に解けた気がした。

代替わりしても、玲を迎えに来てくれず、定期的に連絡を取っていたという鋼経由でメッセージひとつ寄こしてくれなかったこと、イタリアで冷たくあしらわれたこと。玲がこれまで傷ついてきたことは、すべて自分自身に原因があった。

ニコライは命をかけて玲を守ってくれたのに、玲はなにも知らず、日本に行かされたことを恨み、アレクサンドルに会えないことを悲しがるばかりだった。

「……グゥ……ッ」

喉がつぶれたような声が出た。

玲が戻り狼だったせいで、エリニチナヤの仲間たちは散々《さんざん》な目に遭っている。玲は疫《やく》病《びょう》神《がみ》と同じだ。玲の存在が災いを引き寄せてしまう。

アレクサンドルだけではない。ニーカもオーリャもヴァシーリィも、エリニチナヤの仲間たちは玲をきっと憎んでいるだろう。

必ず帰ると夢見ていた故郷に、玲の居場所はなくなっていた。

「おい玲、血の匂いがするぞ。なにをしてる」

隼斗が助手席から身を乗りだして、玲を覗きこんだ。

神名火もまた、エリニチナヤと同じ道を歩もうとしている。玲のせいで、滅茶苦茶にされるのだ。

暗い車内で真っ黒な玲が丸まった状態では、人狼の視力をもってしてもなにがどうなっているのかよくわからなかったようで、隼斗が振り向いてから怒声があがるまで、五秒ほどタイムラグがあった。

「よせ、自分の肢を噛みちぎるつもりか！　車を停めてくれ！」

車はスピードダウンし、路肩に寄せられて停車した。

助手席から飛びだした隼斗が、後部座席のドアを開ける。

今しかない。判断は一瞬だった。

玲は噛んでいた前肢を離し、隼斗の脇をすり抜けて外に出た。そのまま後ろも見ずに全力で駆けだす。

「玲！　戻れ！」

隼斗の声は風に流れ、すでに遠い。

神名火に帰ってはいけない。あそこは混血や人間も仲間として一緒に暮らしている。玲の巻き添えを食っていいはずがない。

もうたくさんの人を傷つけた。

今度は玲が傷つく番だ。自分が敵に身を差しだせば、敵はもう神名火やエリニチナヤを襲うことはなくなる。

玲は生き血を飲まれ、牙を抜かれ、毛皮を剝がれるのだろう。治癒力の高い人狼だって、そんなことをされたら死んでしまう。

震えるほどに怖かった。死にたくないし、痛い目にだって遭いたくない。

だが、仕方がない。玲が戻り狼だから仕方がないのだ。

現在位置が把握できなくても、帰巣本能があるので、神名火がどっち方面かというのはなんとなくわかった。

どこへ向かうべきなのか、人のいるところを避けて走りながら考える。

神名火から遠ざかるのは最重要だが、あまりに遠ざかりすぎて隣接する他の群れの縄張りに侵入しないよう、気をつけなければならない。

——そうだ、不在地がある！

素晴らしい閃《ひらめ》きを得た玲は、いったん四肢《しし》を止めて方角と気配を確認した。

狼の足音はしない。隼斗も追手も、近くには来ていない。

不在地とは、人狼族の群れの縄張りと縄張りの間にある、不干渉地帯のことである。縄張り同士が隙間なく接していると、どうしても縄張り争いのもとになるため、どの群れの人狼族が侵入しても咎《とが》められない、空白の地帯が必ず設《もう》けられているのだ。

——このあたりから一番近いのは、北東エリアかな。行ったことないけど、きっと匂いでわかる。

行き先が決まると力が湧いて、玲はまた駆けだした。

どこの縄張りでもない不干渉地帯には、巡視役がいないからマーキングの匂いもしない。鼻のいい玲なら、すぐに感じ取れるだろう。

移動は夜の間にすませないと、イタリアだけでなく、日本でも狼が出たと大騒ぎになってしまう。
二、三度車に轢《ひ》かれそうになりながら、一心不乱に走った。走っていなければ、不安と恐怖に押しつぶされてしまいそうだった。
不在地は玲が逃げこんでも誰にも咎められないというだけで、安全な場所ではない。敵もまた身を潜めることなく、堂々と出入りできるからだ。

玲はアレクサンドルのことを考えた。考えまいとしても、いつの間にか頭を占拠《せんきょ》してしまうので、追いだすのをやめた。

消息は不明のままだが、生存を疑ったことはない。アレクサンドルはどこかで絶対に生きている。

彼が恋しかった。迷惑ばかりかけてきて、憎まれているだろうと思いつつ、恋心が失せない自分の厚かましさにうんざりした。

イタリアで冷たくされて悲しくて泣いたけれど、今思えば、それでも彼は優しかったのだ。お前のせいで群れが襲われたと罵《ののし》らなかったのだから。

ニコライのことも、一言も責めたりしなかった。彼はどんな気持ちで、ダストボックスに隠れていた玲を助けてくれたのだろう。

できるなら、もう一度だけ会って、心から謝りたかった。ロシアまで地続きなら、四肢が折れても駆けていくのに。

夜が終わり、空が薄明るくなってきたころに、玲はようやく北東エリアの不在地と思《おぼ》しきところに着いた。

人里から離れた山で、縄張りを主張する匂いがない。

走りどおしだったのでさすがに喉が渇き、湧き水か小川はないかと耳を澄ませて、鼻でも探る。

風の音、鳥の鳴き声、小さな生き物が動く音。

音はたくさんあるのに、この世でひとりぼっちになった気分だった。孤独が深くて、自分がいかに恵まれていたかをひしひしと感じる。

玲は水のありそうな方面へ、重い足取りでとぼとぼと歩きだした。

山の中腹で沢を見つけて水を飲み、倒木と茂みのなかに隠れて身体を休めた。こうしていると、自分が人狼ではなく、ただの野性の狼のような気がしてくるから不思議だ。

警戒は怠《おこた》らないまま、そこでまどろむ。一ヶ所に留《とど》まるのはよくないと思ったが、こんな場合の正しい行動がわからない。

それに、疲れていてあまり動きたくなかった。

丸くなろうと身体の向きを調節していた玲は、動きを止めた。昨夜と同じだ。なにかが近くに潜んでいる。

気配もなく忍び寄り、玲の隙を窺《うかが》っている。

逃げようと身体を起こした瞬間に、木立の向こうから狼が飛びだしてきて、喉笛に噛みついた。

「……っ！」

あまりの速さと急所を噛まれたショックで抵抗もできず、玲は地面に倒された。

仰向《あおむ》けの状態でみっともなく四肢をもがかせているうちに、気がついた。

嗅ぎ慣れた匂い。懐かしい銀色の毛皮。喉笛に刺さったと思った牙は、毛皮を浅くしか噛んでいない。

――サーシャ！　サーシャ、サーシャ！

玲は言葉にならない声で叫んだ。

やっぱり生きていた。疑ってはいなかったが、無事な姿を見ると、どっと安堵《あんど》が押し寄せた。

どうして日本に、しかもこんなところにいるのだろう。

喉に食いこんでいた牙が離れていく。突如として現れたロシアの銀狼は、仰向けに転んだままの玲を濃紺の瞳で見下ろした。

朝の光に毛皮が反射し、震えがくるほどに神々《こうごう》しく美しい。

呆然と見入っている玲の前で、銀色の優美な生き物は姿を変え、眉目秀麗《びもくしゅうれい》なアレクサンドルになった。

見たこともないほど深く、眉間《みけん》に皺が寄っている。怒っている。

イタリアで拒絶されたときでさえ、ここまでの怒りはなかった。アレクサンドルのまわりの空気が凍りついていて、息苦しさで呼吸もままならない。

蛇《へび》に睨まれた蛙《かえる》のように、玲は腹を見せたままでまったく動けず、尻尾を股の間に挟むことさえできなかった。

「レイ、お前はなにを考えている。なぜ神名火を離れた。守ってくれる仲間のもとから逃げ、こんなところに一人で来て、どうするつもりだ」

声だけで毛皮を切り裂かれたみたいな気になって、玲は震えた。

「逃げる前に、ロシアの人狼と思しき敵に襲われたそうだな。危険だとわかっていつつ、自分一人でなんとかできると考えたのなら、愚かにもほどがある」

「……ク、クゥ」

べつに、なんとかできるとは思っていない。

これ以上迷惑をかけたくなかっただけだ。敵の狙いは玲なのだから、のこのこ神名火に帰って、みんなを危険に曝すことはできない。

愚かと言われたら、そうだろう。車から飛びだして逃げたのは衝動的な部分もあったが、べつに後悔はしていない。冷静に考えても、これ以外の道はなかった。

一人になるのは玲だって怖かったけれど、しょうがなかったのだ。

言葉にできない主張を抱え、狼の瞳に涙が滲《にじ》む。

腕を組み、厳《いか》めしい顔で玲を見下ろしていたアレクサンドルが、そっと手を伸ばして玲の鼻面《はなづら》に触れ、指先を滑らせて涙を拭《ぬぐ》った。

「……泣くな。お前が心配だっただけだ。長く待たせて、ようやくお前を迎えに来られたのにお前は襲われたうえに、逃げだして行方不明だという。怒りと焦《あせ》りで我を忘れた。見つかってよかった」

先ほどまでとは打って変わって、柔らかい声だった。

アレクサンドルは硬直している玲を抱え上げ、膝に乗せて抱き締めた。

「私のことが心配で、獣化コントロールができなくなったのか？　もう四日、いや五日か。人型に戻れていないと聞いた。襲撃があったが、私は無事だ。エリニチナヤのみんなも。だから、安心しなさい」

ゆったりと話される言葉が、玲の頭に浸透していく。

穏やかな口調に怒りはもう感じられない。包みこんでくれる温かい身体。狼ではない、人間の薄い皮膚。

おそるおそる前肢を脇腹にまわして抱きつけば、褒めるように毛皮を撫《な》でられた。

「どこをどうやって走ってきたんだ。綺麗な毛皮が泥だらけだ」

困った子だ、と呆《あき》れつつも、その声には慈愛が溢《あふ》れている。

少なくとも玲にはそう感じられ、混乱した。長い間離れ離れだったこと、イタリアでの出来事が嘘みたいだった。

もしかしたら、あれは夢だったのかもしれないと思ったが、この幸せな現状こそが夢ではないかとも思えて、玲は鼻も鳴らせなかった。

アレクサンドルは土で汚れた玲の毛皮を、飽きることなく撫でつづけている。頭から首、背中、耳のつけ根をこりこり掻き、顎《あご》の下から喉、胸元まで指先を滑らせる。

慣れ親しんで、八年の間にすっかり忘れて、そして今思いだした、アレクサンドルの触れ方だ。

玲が切望した優しいアレクサンドルがここにいる。

濡れた鼻先を、筋肉質に引き締まった裸の腹に擦りつけても、アレクサンドルは文句を言わない。よしよしと言わんばかりに、さらに引き寄せられた。

――サーシャだ。俺のサーシャが来てくれた……。

やっと、実感が湧いてきた。匂いも感触も声も、なにもかもがアレクサンドルだ。玲の大好きなアレクサンドルだ。

頭にいくつも浮かぶ疑問は放っておいて、彼に縋《すが》りつきたい。今のアレクサンドルなら、それを許してくれる気がする。

しかし、玲はもう知ってしまった。自分のせいで、なにが起こったのかを。

八年前に別れたままの子どものふりをして、なにも知らず、考えず、ただ守られているだけの存在ではいられない。

人型に戻って、アレクサンドルと話すべきことがたくさんある。

アレクサンドルの温かい懐《ふところ》に丸まり、玲は精神集中を試みた。できるはずだった。

初めて人型になったときも、先日のイタリアでの夜も、ハーブはなかったけれど、アレクサンドルがいた。玲の原動力はよくも悪くもアレクサンドルただ一人なのだと、頭ではなく肉体が理解している。

骨格が変わり、毛皮が引っこみ、感覚が鈍っていく。どれほどの苦痛が全身を襲おうとも、アレクサンドルと人型で触れ合い、言葉をかわせる喜びを思えば乗り越えられる。

苦痛の果てにすべての変化が完了し、玲は身体を起こした。

「また、ハーブもなしに人型になったな。私がそばにいるからか？」

乱れた息を整えている玲に、アレクサンドルが訊《たず》ねた。

「はぁ……、ふっ、そうみたい。サーシャと同じ姿になって、ちゃんとしゃべりたいって思うと、身体が変わる」

「私だけか？　お前を変えられるのは」

玲は二度、小さく頷《うなず》いた。

アレクサンドルに強く抱き締められて、胸がいっぱいになる。

二人とも裸で、産毛《うぶげ》しかない肌がひたとくっつき、少し長く人型でいたせいか低く感じるアレクサンドルの体温と、ぬくぬくした毛皮を脱いだばかりの玲の高い体温が混じり合っていく。

玲は両腕をアレクサンドルの背中にまわそうとして、途中で止めた。

このまま強くしがみつき、肌の境界がわからなくなるくらい、体温を溶かし合いたかった。きっと、涙が出るほどに幸せな気持ちになれるだろう。

両手の指を握りこんで、玲は自分の欲望を抑えこんだ。

それより前に言わねばならないことがある。

「……ごめんなさい。ずっと謝りたかった。今回の襲撃と、もしかしたら七年前のタイドゥラとの縄張り争いも、俺のせい……だよね？　俺が戻り狼だから。俺、なにも知らなくて、気づきもしなくて、みんなが俺のせいで大変な目に遭ってるのに……っ」

「レイ、私がさっき怒ったのはそのことではない。勝手に神名火を出たことに対して怒っている。襲撃のことは、お前がそう言うだろうと思って、黙っていた。隠していたんだから、知らないのは当たり前だ。誰もお前を怒っていないし、恨んでもいない」

玲は思わず顔を上げた。

「でも、でも、ニコライが……！」

目を合わせたアレクサンドルは、玲に優しく微笑《ほほえ》みかけた。

「アルファが群れの仲間を守るのは当然のことだ。父は勇敢に戦った。ボリスを取り逃がしたのは残念だが、父に後悔はなかっただろうし、私は父を誇りに思う。お前がそんなふうに自分を責めたら、父は悲しむだろう」

「……うぅっ」

目の縁《ふち》に涙が盛り上がって、ぼたぼたと零れ落ちた。

アレクサンドルは本心を語っているようだが、誰がどう考えたって玲のせいだ。玲が戻り狼だからいけないのに。

「泣かないでくれ。レイ、私の可愛いレーニャ」

「……！」

号泣だけはするまいと歯を食いしばって耐えたが、無理だった。

記憶のなかのアレクサンドルは、いつだって玲をそう呼んでくれた。

再会したら同じように呼んでくれると信じていたのに、イタリアでは冷たく突き放されて、なにがなんだかわからなくなった。

アレクサンドルが日本に来てくれた今も、自分がどうするべきなのかよくわからない。

背中を震わせてしゃくりあげる玲を、アレクサンドルはそっと抱き寄せ、頭の上にキスを落とした。

「お前を混乱させているのは私だな。もう隠しておける状況ではないから話してしまうが、たしかに、七年前も今回の襲撃も、戻り狼であるお前を狙ったものだった。私たちは話し合い、お前にはそれを知らせないでおこうと決めた。お前はまだ子どもだったし、必要以上に怖がらせたくなかったからだ。お前を神名火で匿《かくま》ってもらっている間に、私たちがすべての敵を倒し、安全を確認してからエリニチナヤに連れて帰るつもりだった。もちろんお前と約束したとおり、私が迎えに行って」

アレクサンドルは言葉を切り、玲の背中をぽんと叩いた。

まるで、待ちきれずにフライングをした玲を、たしなめるように。

「ローマのホテルでお前を見たとき、心臓が止まるかと思った。お前に会いたいという私の願望が夢を見せているのかと。だが、夢ではないとわかると、怒りがこみ上げてきたんだ。安全な場所に大切に隠しておいたはずなのに、お前自身が籠《かご》から飛びだして危険を引き寄せようとしている。戻り狼の件は解決していない。異国でも油断はできなかった」

「ごっ、ごめんなさい、ごめんなさい……っ」

何度も繰り返した謝罪を、玲は血を吐く思いで絞りだした。

必死になって玲を守ろうとしてくれていたアレクサンドルを裏切ったのが、玲自身だったとは。

「お前が謝ることはない。なにも知らせていなかった私にも非がある。お前にとって八年は永遠にも匹敵するほど長い時間だったろう。ローマで会った時点では、敵がどこに潜んでいるかわからなかった。やつらは私をつけ狙っている。お前の正体や、お前と私が旧知であることを、極力知られたくなかった。だから、ああして突き放すしかなかったんだ。お前を泣かせることになっても、危険に曝すよりはいい」

玲は泣きじゃくりながら謝った。

「あぁ……っ、ごめんなさい……！」

アレクサンドルの優しさが心に沁《し》みるほど罪悪感が膨らんで、駄々《だだ》っ子《こ》のように身を捩《よじ》った。地面に頭をぶつけたいくらいだった。

辛抱が足りなくてごめんなさい。冷たい態度の裏にある思惑《おもわく》に気がつかない子どもでごめんなさい。こんなに心配してくれているのに、一人で飛びだしてごめんなさい。みんなに迷惑ばかりかけてごめんなさい。戻り狼でごめんなさい。

大声でひとつずつ叫んで許しを請《こ》いたいけれど、言葉にならなかった。

いったい自分はなんのために生まれてきたのだろう。存在自体が罪だとしか思えない。七歳のときに、人型にならなければよかったのか。アレクサンドルと同じものになり、彼を独り占めしたいと願ったことがいけなかったのか。

「泣くな、レイ。冷たくしたのは芝居《しばい》で、本心ではなかった。わかるな？」

後悔でいっぱいの頭に、アレクサンドルの問いが遠くから聞こえ、玲は無言で頷いた。

「私は怒っていないから、謝る必要はない。さっきも言ったように、問題はまだ解決していないんだ。どういう手段を用いたのかわからないが、敵はお前を発見し、すでに日本に入りこんで襲撃まで企《くわだ》てている。私たちはここで始末をつけるつもりだ。徹底的に戦い、完膚《かんぷ》なきまでに叩きのめす。お前に手を出したことを骨の髄《ずい》まで後悔させてやる」

決意に力が入り、アレクサンドルの筋肉がぐっと盛り上がったのが玲にもわかった。

「お前に知らせず、なにもかも片づけてから迎えに行くという予定は狂ってしまった。それに、もっときちんと体裁《ていさい》を整えて、できれば服を着た状態で会って話したかったが、こうなってしまったものは仕方がない。レイ、顔を上げなさい」

涙で汚れた顔をほんの少し上向かせると、顎を取られて、アレクサンドルを見上げさせられた。

鼻が赤くなり、目も腫《は》れているだろう。みっともない顔をしているとわかっているから、本当はあまり見られたくない。

アレクサンドルは両手で玲の顔を包みこみ、指で涙を拭《ぬぐ》ってくれた。ぼやけた視界の向こうに、柔らかい笑顔がある。

記憶より八年分、年を取ったアレクサンドル。玲の大好きな人だ。

「会いたかったよ、レイ。お前を早く迎えに行きたかった。長く待たせてすまない」

玲は息を呑《の》んだ。

「……！　サー、シャ……、サーシャ」

「そうだ。お前のサーシャだ。私のレーニャを迎えに来たんだ。私の知らない間に大きく、そして綺麗になった。お前の成長を見られなかったことが、残念でたまらない。お前は私のものなのに」

「……っ」

少しの間止まっていた涙が、また溢れだす。

八年前の約束はついに果たされたのだ。アレクサンドルは玲を迎えに来てくれた。

夢見た瞬間は現実感に乏しく、まだ夢を見ているようだった。目を閉じたらアレクサンドルが消えてしまいそうで、瞬《まばた》きができない。

「誰が狙ってこようと、もう二度とお前を離さない。そう決めた。敵をすべて叩きつぶし、お前は私が守ってみせる」

「……あ、会いたかった……、サーシャ、ずっと、会いたか……っ」

涙でふさがった喉から声を絞りだし、玲はアレクサンドルにしがみついた。

抱き返してくれる腕は力強く、長かった孤独が癒《いや》されていく。焦《こ》がれたこの温《ぬく》もりを、やっと取り戻せた。

アレクサンドルはそのまま、しばらく玲を泣かせてくれた。

裸の肩や背中、腰をアレクサンドルの大きな手が滑っていく。玲も同じように、アレクサンドルの背中を撫でた。

手のひらから伝わる滑《なめ》らかな感触が心地いい。

もっと密着したくて、膝立ちになって身体を擦り寄せているうちに、お互いが裸であるという当たり前のことに気がついた。というより、今の状況を頭で理解した。

自分の性器がアレクサンドルの腹にくっついている。さらに下方で、アレクサンドルの性器が玲の脚にくっついていた。

「……あっ」

玲は瞬時に真っ赤になり、腰を引いた。

再会の喜びに浸《ひた》っているなかに、突如として性的なものが混ざって、自分でも過剰だと思うほどにうろたえた。せっかくいい雰囲気だったのに、台無しである。

なにも考えられず、無意識に逃げようとする玲をアレクサンドルが引き寄せ、二人はまた密着した。

「お前は本当に大人になったな。ローマのホテルで実感した」

「い、言わないで！」

バスルームでの出来事が脳裏《のうり》にまざまざとよみがえり、玲は身悶《みもだ》えた。

アレクサンドルの手で性器を扱《しご》かれ、達するところまで見られてしまったのだ。しかも、二度も。

「なぜ？　私の腕のなかで喘《あえ》ぐお前は可愛かった。子どもだと思っていたのに、あんなにいやらしい姿を見せて。お前を置いて立ち去るのがどれほどつらかったか」

「俺だって、目が覚めたらサーシャがいなくて、悲しかった」

恥ずかしさを誤魔化《ごまか》そうとしたら、拗《す》ねた声が出た。

アレクサンドルが抱き締めた玲を、左右に軽く揺らした。玲が可愛くてたまらない、というときに、彼がよくしてくれた仕草だった。

子どものころはそれで安心してうっかり眠ってしまったりしたものだが、今は眠るどころか、胸が高鳴り、目は冴えていくばかりだ。

アレクサンドルからとてつもなくいい匂いがしている。それが発情の匂いだと、本能が知っていた。

玲は恍惚《こうこつ》としながら、アレクサンドルの逞《たくま》しい肩口に顔を擦《こす》りつけ、肌から香る匂いを嗅《か》いだ。

玲を求めている匂いだ。アレクサンドルも、彼を求める玲の匂いを嗅いでいるだろう。お互いの気持ちは匂いで充分伝わるが、玲は言葉でも伝えておきたかった。

本当はあのときに、淫らな水音が響くバスルームで言っておきたくて、でも言わせてもらえなかった言葉を。

孤独のなかで玲が気づいた想いを。

アレクサンドルの膝の上で姿勢を正し、真っ直《まっす》ぐに見つめる。青い瞳に、真剣な顔をした玲が映っているのが見えた。

「俺、サーシャに言いたいことがある」

「なんだ」

「俺はサーシャが好きだ。みんなに言うような、軽い好きじゃなくて、特別な好き。たぶん……あ、あい、してる、ほうの好きだ、と思う。よくわかんないけど」

つっかえつっかえ言うと、アレクサンドルが小さく笑った。

「お前に先を越されるとは。私だって、お前を愛している。お前がまだ子どもだったときから、私にはお前しかいないとわかっていた」

玲はほっとして、肩の力を抜いた。

匂いからして拒絶されるとは思わなかったが、かなり緊張していたらしい。言うだけでも満足だったのに、返事がもらえて嬉しくなった。

アレクサンドルは片手を伸ばし、玲の頬《ほお》から顎を包みこんだ。

「お前がわからないことは、私が教える。お前を手元に置いて、独り占めして可愛がりたいとずっと思っていた。私はもう我慢しない」

アレクサンドルの睦言《むつごと》に、玲はたわいなくぽうっとなった。

「我慢、してたの？　サーシャが？」

「十二も年が離れているせいで、私は我慢のしどおしだ。お前が大人になるのを待たなければいけなかった。成長の過程を見られなかったことが、本当に悔やまれる」

心底残念そうに眉間に寄せられた皺を見ていると、玲の心が満たされた。

話すこともできず、写真の一枚も見せてもらえず、寂しさで心が折れそうになったときもあったが、アレクサンドルも同じだったのだ。

玲のことを考えてくれていた。

「俺、サーシャに独り占めされたいし、可愛がってもらいたい。一緒にいられなかった八年分と、これからもずっと。我慢なんてされたくない」

「レイ……」

引き寄せられて、息がかかるほど近くでアレクサンドルの顔を見た。

青い瞳の上を、髪と同じ銀色の睫毛《まつげ》が瞬きによって上下している。羽を持つ美しい生き物のようだった。

見惚《みと》れていると睫毛はさらに近づいてきて、玲の唇に温かいものが触れた。

玲は目を閉じた。

上唇を舐められ、下唇を軽く吸われる。唇を開けば、舌がするりと入ってきて、玲はそれに夢中で応《こた》えた。

舌を絡め合い、混ざり合った唾液を二人でわけ合う。

慣れない玲に息継ぎをさせるためだろう、何度か唇が離れ、玲の肺に新鮮な空気が満ちると、またふさがれた。

舌も唇も痺《しび》れるほどにキスを繰り返し、逞しい腕に抱き締められて、玲は突如として訪れた幸福に浸《ひた》った。

銀色の尻尾《しっぽ》をなびかせて先行するアレクサンドルのすぐ後ろを、玲《れい》は遅れないようについて走った。

7

行き先は、鋼《はがね》から提供されたという隠れ家である。

鋼の縄張りの一番外側、不在地との境《さかい》に近い山の中腹にある、不在地からの侵入者を見張るための建物を貸してもらい、日本滞在中はそこを拠点にするらしい。

玲にはアレクサンドルへの質問がたくさんあったが、二人して安全でもない不在地で長々と裸で話しこんでいるわけにはいかないので、詳しい話はそこに着いてからにしようと言われ、こうして獣化して走っている。

襲撃されたエリニチナヤの仲間たちは全員無事で、アレクサンドルとともに日本に乗りこみ、玲を守って敵を倒す戦闘班と、ロシアに残って縄張りを守る守備班に別れて行動していること、敵の正体がタイドゥラのボリス・レーシンだということは聞いた。

『七年前の戦闘でタイドゥラは消滅したが、逃げ延びたボリスは残党やはぐれ狼《おおかみ》を集め、新たな群れを作っているという情報を得た。戻り狼の伝承を盲信し、お前を捕獲するための群れのようだ。ボリスを殺さないかぎり、我々の平穏は訪れない』

獣化する前に、アレクサンドルは厳しい顔でそう言いきった。

玲を狙っているからだけでなく、ニコライの仇《かたき》としても討たねばならないボリスは、六十歳に近いという。年を取っても、人狼《じんろう》は人間よりも若々しさを保っているが、肉体的な衰えは避けられない。

なのに、追跡するアレクサンドルたちから逃げつづけ、新たに群れまで形成してアルファとして君臨《くんりん》し、日本まで玲を狙いに来る力は凄《すさ》まじいの一言に尽きる。

それだけ戻り狼に執着しているのかと思うと、ぞっとした。そんな男なら、玲の血を抜き、牙《きば》を削り、皮を剝《は》ぐことに躊躇《ちゅうちょ》などしないだろう。

走りながらも、全身の毛が逆立つほどに恐ろしい。ニコライやアレクサンドルは玲に詳細を告げず、黙って日本に移すことで、この恐怖から遠ざけてくれていたのだ。

玲がまだ子どもだったから。

目的の建物にたどり着いたのは、昼過ぎだった。外からでも、なかにいる人狼たちの気配が感じ取れる。

心臓の鼓動が速くなった。アレクサンドルは許してくれたけれど、仲間たちは玲をどう思っているのだろう。

前アルファのニコライを死に追いやり、ベータのヴァシーリィを引退させ、群れを弱体化させておきながら、なにも知らずのうのうと日本で安全に暮らしていた玲のことを。

アレクサンドルが玄関に立つと、内側からドアが開いた。

一歩引いた場所に立っていた玲は、回れ右して逃げだしたくなった。この疫病神《やくびょうがみ》が、みたいな顔で見られたら、きっと死にたくなるだろう。

しかし、彼らがどんな態度を示そうと、玲は受け入れなければならない。

アレクサンドルにつづき、俯《うつむ》いたままのろのろと室内に入る。途端に、懐かしい匂いが鼻腔《びこう》を満たした。

「おかえりなさい。……ああ、ちゃんとレイを連れて帰ってきたんだね」

オーリャの声だった。

「この真っ黒な毛皮！　たしかに俺たちのレイだ」

ニーカがオーリャを押《お》し退《の》けて言った。

「ボリスの群れのやつらに襲われたと聞いたぞ。怪我《けが》はないのか」

「少し、大きくなったか？　八年も経ってりゃ、大きくもなるか」

「人型の姿も見せてくれよ、レイ。楽しみにしてたんだぜ」

「戦闘班に入ってよかった。守備班より早くお前に会えたんだから」

ディーマ、アリョーシャ、コースチャ、セリョージャが次々にやってきて玲を取り囲み、声をかける。

「……お前たち、レイは私のものだが、今日は触ってもいいぞ。特別だ」

いつの間にか人型に戻っていたアレクサンドルの許可が出ると同時に、玲は六人から伸びてきた十二本の腕に揉みくちゃにされた。

みんな、心から玲と会えたことを喜んでいる。毛皮を掻きまわす温かい手は嘘をつかない。玲を歓迎してくれている。

「クゥン、キュン、キュウン！」

もう二十歳になったのに、玲は仔狼に戻ったみたいな甘えた声で鳴いた。

玲の育った群れ。玲の仲間たち。ここは日本だが、彼らからは玲が焦《こ》がれてやまなかった懐かしい故郷の香りがする。

玲はようやく、エリニチナヤに帰ってこられたのだ。

爆発的な歓喜が到来し、じっとしていられずに飛び跳ね、オーリャの手を舐め、ニーカに体当たりし、ディーマの肩を鼻先で突き、アリョーシャを尻尾で叩く。コースチャの背中にのしかかったら、セリョージャに抱き上げられた。

身を捩《よじ》って逃れ、ひっくり返って腹を見せようとしたとき、全員から必死の形相《ぎょうそう》で止められた。

「ちょっ、待て待て！　お前の気持ちは嬉しいが、腹を見せるのはアレクサンドルの前だけにしとけ。いいな。でないと俺たちが殺されるから」

ニーカが代表してそう言う。

ふとアレクサンドルを探せば、二メートルほど離れたところに立ち、腕組みをして玲たちを見守っていた。

黒いズボンに黒いシャツをラフに羽織《はお》っただけなのに、アルファの持つ威厳《いげん》と覇気《はき》で圧倒されそうだ。

先ほど、ニーカは彼をサーシャではなく、アレクサンドルと呼んだ。アルファへの恭順《きょうじゅん》の意がこめられていて、もう気軽に愛称で呼び合える関係ではなくなったことを示している。ニコライが誰からもコーリャと呼ばれなかったように。アレクサンドルもまた、彼らをそれぞれ、ニキータ、オリガ、ウラジーミル、アレクセイ、コンスタンチン、セルゲイと呼んで、愛称は使わないのだろう。

不思議な感じはしたが、序列をはっきりさせておくのは群れの存続に必要なものだった。アレクサンドルは群れの絶対的存在であり、群れを守り、猛々《たけだけ》しく戦い、仲間たちの安寧《あんねい》を約束する支柱である。

腕組みを解いたアレクサンドルが、玲に歩み寄ってきた。

「レイ、おいで。毛玉のまま跳ねまわるのもいいが、みんなと話したいだろう？」

クゥ！　と鳴いて、玲はいそいそとアレクサンドルについて、別室に入った。

広げてくれた両腕のなかに収まり、歓喜に湧いていた気持ちを落ち着かせる。変身の兆《きざ》しはすぐに感じ取れた。

今日はとても調子がいい。

アレクサンドルに会えて、気持ちを伝えて応《こた》えてもらい、キスを交わした。仲間にも会えて、歓迎してもらえて、今日ほどいい日はないと思える。

身体がこつを摑んだのか、変身にかける時間が少し短くなった。変身途中は苦しくて痛いだけなので、今後も短縮化を目指すべきだろう。

「……はぁっ、また人型になれた！　今日は二度目だ。こんなの初めて」

「私のおかげか？」

恩着せがましい言い方をするアレクサンドルは珍しい。

仲間たちと一線を画したい、玲の特別な存在でありたいという主張が見え隠れしている気がする。玲の願望かもしれないが。

「絶対にそうだよ」

玲が断言すると、アレクサンドルは満足そうに口元を緩めた。

アレクサンドルが出してくれた少し大きめの白いシャツと黒いズボンを身にまとい、仲間たちが待つ広間に戻る。

「おおっ、本当に大きくなったなぁ、レイ！　八年前のお前はこんなだったのに」

ニーカが親指と人差し指で五センチほどの長さを示した。

「そんなに小さくなかっただろ！　ニーカはますます熊っぽくなったよ」

「なんだと！」

「そんなやつのことは放っておいて、こっちを向きな。凛々《りり》しい顔つきになったじゃないか。ちょっと小さいけど、ちゃんと食べさせてもらってたんだろうね？」

「うん、日本の食べ物はおいしいよ。でも俺、オーリャのブリヌイが食べたい。自分で作ってみたこともあるけど、全然違ってた」

オーリャは嬉しげに笑って頷《うなず》いた。

「嬉しいことを言ってくれるね、この子は。ロシアに帰ったら、百枚でも二百枚でも焼いてあげるよ」

ブリヌイはロシア風の薄いクレープで、ジャムやクリームからキャビア、ザワークラウトまで、好きなものを包んで食べる伝統的な食べ物だ。

各家庭の味があり、オーリャのブリヌイで育った玲は、オーリャの作ったブリヌイでないとブリヌイを食べた気にならない。

仲間たちは先を争って話しかけ、話の途中でも遠慮なく口を挟み、離れていた八年間を取り戻そうとした。なんの憂《うれ》いもなく、ダーチャで過ごしていた日々がよみがえってくるようだった。

アレクサンドルは玲の隣にぴたりとくっついていて、ニーカが昔の癖《くせ》で玲にちょっかいを出してくるのを、静かに牽制《けんせい》している。

「アレクサンドルは独占欲の塊《かたまり》だな。昔、レイが狼だったときは、レイのほうが独占欲が強いと思ってたが、なかなかどうして、アレクサンドルも大概《たいがい》だ。獣化すると規制が緩むけど、人型になったレイには、俺たちにさえ指一本触れさせない」

呼び方で敬意を示しつつ、幼馴染《おさななじ》みで互いをよく知るニーカのもの言いは率直だった。

アレクサンドルも少し砕けて、呆《あき》れたように返した。

「お前は馬鹿だな、ニキータ。なにを当たり前のことを言っている。恋人を自分以外のやつにべたべた触られて、怒らない雄《おす》がいるか」

さりげなく恋人と明言されて、玲の顔がじわじわと赤らんだ。アレクサンドルと玲の新しい関係は、隠さなくてもいいことなのだ。

「あたしたちは幸せだよ。最強のアルファと、幸運の戻り狼がつがいになったんだから。なにが来たって、負ける気がしない」

オーリャの言葉に、玲ははっと顔を上げた。

玲がいない間、エリニチナヤは二度の襲撃に耐えた。孤独だが平穏だった玲の八年と、今の幸せは、群れのみんなの犠牲の上に成り立っている。

こんなふうに優しくされて、守られる価値が、果たして玲にあるのだろうか。

「……幸運なんかじゃないよ、俺は不幸しか呼んでない。だって俺のせいで、俺が戻り狼だから、エリニチナヤは大変なことに……」

「レイ、それは違う」

「違わない。俺はまず最初に、みんなに謝らないといけなかった。もちろん、謝って許されることじゃないけど、ごめんなさい」

玲を庇《かば》おうとするアレクサンドルを遮《さえぎ》って、頭を下げる。

場がしんと静まり返った。

呼吸の音しか聞こえないなかで、口を開いたのはニーカだった。

「どうして謝るんだ。仲間が狙われたら、全員で戦って守る。傷つけられたら、報復する。それが群れだ。狙われたのがお前でなくても、同じことをする。俺たちは当たり前のことしかしていない」

「そうだよ。あたしが幸運の戻り狼なんて言っちまったから、いけなかったんだね。レイが一番気にしていたのに。幸運のっていうのは、戻り狼とセットになってる単語なだけで、深い意味はないんだ。逆に考えてごらんよ、レイ。もし、戻り狼だったのがあたしで、誰かに狙われたとしたら、玲はあたしを見捨てるのかい？　助けてくれないの？」

「助けるよ、そんなの当たり前だ。みんなと一緒に戦う」

「あたしだけ安全なところに匿《かくま》ってもらって戦わなかったら、怒るかい？」

「怒らない。隠れててほしいよ！」

「じゃあ、あたしたちがあんたを隠して戦うのも、当たり前のことじゃないか」

「そ、そうだけど、でも……」

「レイ、これ見てみな」

言葉につまった玲の隣に、ニーカが寄ってきて座った。

ジーンズのポケットから携帯端末を取りだして指先で操作したのち、玲に見えるように画面を向けた。

再生が始まった動画に映ったのは、エリニチナヤの前ベータ、ヴァシーリィだった。

『やぁ、レイ。元気でやっているか？　こんな動画を撮るのは初めてで緊張するな。私も戦闘班として日本に行きたかったが、足手まといになってはいけないので、こちらで待機することになった。お前の故郷を、残った仲間たちと守っている。……八年前、日本行きの飛行機に乗せたときのお前の顔が忘れられない。思い出すと、胸が裂けそうなほどつらい。あれが最良の選択だったが、可哀想《かわいそう》なことをした。ニコライもそう言っていたよ。どうか私たちを許してくれ。お前がアレクサンドルたちと一緒に帰ってくるのを、楽しみに待っている。みんな同じ気持ちだ』

「ヴァシーリィ……」

玲は嗚咽《おえつ》を堪《こら》えた。涙で画面が見えなかった。

長袖のシャツを着ていたが、ヴァシーリィの左腕の肘《ひじ》から先がないのがわかった。七年前の戦闘で失ったのだろう。

なのに、彼はまだ玲を守るために戦い、玲の心を気遣ってくれている。

アレクサンドルが抱き寄せてくれたので、玲は彼の黒いシャツに涙を吸わせた。

「あと、これもお前に見せろって言われて、撮らされたんだ。なんか、イタリアで揉めたんだって？」

ニーカにもう一度見せられた画面には、現ベータのミハイルが映っていた。

『こんにちは、レイ。これを見るころには、みんなと合流しているだろうね。イタリアでは冷たい態度を取ったり、ひどい言葉をぶつけたり、投げ飛ばしたりして悪かった。でも、あれはアレクサンドルの命令だったんだ。つまり、作戦行動だ。私はきみが出ていったあとにエリニチナヤに入った新参者だから、きみとは面識がない。でも、戻り狼の可愛いレイの話はみんなから聞いていて、会えるのを楽しみにしていた。だから、初対面の印象はよくしておきたかったのに、あんなことになってしまって……、くっ、きみに恨まれているんじゃないかと思うと、夜も眠れないくらいだ。イタリアでの私は本当の私じゃないことを知ってほしい。私も日本に行きたかった。行きたかったよ、心の底から！　ヴァシーリィたちと首を長くしてきみの帰りを待っているよ』

玲は涙も引っこむほど、呆気《あっけ》に取られた。

イタリアで見た冷たい仮面のような顔が嘘みたいに、ミハイルは表情豊かににこにこ笑い、まるで別人である。

しかも、あんなことになってしまって、のくだりでは、大げさに苦悶《くもん》の表情を見せつつ身を捩り、あざといことをするな、と撮影を見ていたのであろうアレクサンドルが、刺々《とげとげ》しく指摘する声まで入っていた。

「私のレイ。お前の人気は相当高い。日本行きに手を挙げたのは全員で、ミハイルとヴァシーリィを守備班に残すのは苦労した。自主的に残ってもらいたかったが、結局アルファとして命令せざるをえなかった。荒らされた縄張りを放棄して、希望するもの全員を連れていくわけにはいかないからな。みんな、お前を大事に思っている。だから謝るな。なにか言いたいのなら、嬉しいとかありがとうと言いなさい」

「……はい」

玲は素直に頷いた。人狼としての礼儀作法のすべてを教えてくれたアレクサンドルの言うことに間違いはない。

みんながもっと玲を罵《ののし》ってくれたら、ひたすらに謝りつづけることができる。そうすれば、みんなに対する罪悪感が薄くなるのかもしれない。

だが、それはあまりに身勝手な考えだ。彼らはすでに許してくれていて、そもそも怒ってさえいなくて、謝って楽になるのは玲だけだった。

「みんな、ありがとう。来てくれて嬉しい。みんなと一緒にロシアに帰りたいよ」

玲が心からそう言えば、よくできましたと言わんばかりに、全員が破顔した。

「ボリスたちを片づけたら、すぐに帰れるさ」

「群れの仲間がやっと勢揃いするんだ。満月の夜にはみんなで山を走ろうな。誰が一番速いか競争しよう」

「その前にお帰りパーティをしなきゃ。あたしが腕をふるってご馳走《ちそう》を作ってあげる。レイのリクエストのブリヌイもたっぷりね」

　帰国後に待つ楽しいことを想像すると、気合いが入った。絶対に故郷に帰るぞという気になれる。

　ひとしきり盛り上がったあとで、アレクサンドルが場を締めた。

「浮かれるのはまだ早い。ボリスの居所はまだ摑めていない。どれだけの仲間を集めているのかもわからない。ハガネたちにも協力してもらっているが、警戒は怠《おこた》るな。なにがあっても、すぐに動けるようにしておけ」

　アルファの言葉に、みんなが背筋をぴんと伸ばした。

　アレクサンドルのアルファとしての言動を初めて見た玲は、群れの一員としてみんなと同じように背筋を伸ばしながら、その雄々《おお》しさに胸をときめかせた。彼はアルファになるべくして生まれてきた雄だと思う。

　その彼と裸でキスしたのは、たった数時間前のことだ。

「そういえば、サーシャたちはいつ日本に？　俺の居場所がわかったのはなぜ？」

玲は気になっていたことを訊いた。

「昨日の夕方だ。ボリスたちの動向を探っていたミハイルとヴァシーリィが、やつらが日本に向かったとの情報を摑んだ。お前を発見されたということにほかならない。早急に準備を整えて日本に飛んだが、我々の動きは最小限にとどめておきたいから、このことはハガネにも伝えていなかった。日本に到着してはじめて連絡を取り、神名火《かんなび》で迎えてもらったときに、お前がロシア人狼と思《おぼ》しきやつらに襲われたと報《しら》せがあった。すぐに駆けつけたかったが、ベータ、ガンマに守られて車で神名火に帰ってくるというので、今か今かと待っていた」

「あ……」

玲は間の抜けた声を出した。

あのまま車で帰っていたら、アレクサンドルに会えたのだ。なのに、玲は逃げだしてしまった。

「お前に脳みそがあれば、不在地に逃げこむだろうとハガネが推測し、お前が逃げた場所から私が匂いを追って走った。イタリアで騒ぎになったのに、お前はまた狼の姿でうろちょろして、まったく懲《こ》りていない。お前の言い分もわかっているから、謝らなくていい。先に見つけられてよかった」

謝るなと言われれば、なにも言えなくなって、玲は口をもごもごさせた。

「……じゃあ、じゃあ、これからどうするの？」

「今はハガネからの情報を待つしかない。よそ者の人狼がどこに潜《ひそ》むか、一番よく知っているのは彼らだ。たとえ、神名火に裏切り者がいてボリスたちを匿い、お前の居場所を掴もうとしても、ハガネを味方につけた我々のほうが優位にある。ハガネは片がつくまで、やつの屋敷でお前を秘密裏《ひみつり》に保護すると言っている。アルファの屋敷なら、今のところもっとも安全だと言わねばなるまい。夜になったら、お前を連れていく」

「い、いやだ！　俺も戦う！　俺はもう子どもじゃない。ちゃんと戦える！」

玲は猛然と抗議した。

「戦えるかどうかは関係ない。敵の狙いはお前で、お前が攫《さら》われたら、私たちは打つ手がなくなる」

「駄目だよ！　真神さまの屋敷には、瀬津《せつ》さんがいる。瀬津さんは妊娠してるんだ。そんなところに行けない。巻き添えを食って瀬津さんになにかあったら、俺は自分で自分の皮を剝《は》いで詫《わ》びるしかないよ」

アレクサンドルが顎《あご》に手を当て、考える仕草を見せた。

「セツ……、ハガネの妻か」

「うん、瀬津さんにはよくしてもらった。あのさ、サーシャ。俺、考えたんだけど」

「どんな考えでも、採用しない」

「聞いてよ！　俺が囮《おとり》になればいい。みんなが待ちかまえている場所におびき寄せて、一《いち》網打尽《もうだじん》にするんだ。いいアイデアだと思わない？」

「思わない。お前を囮にするなんて、私が断じて許さない。そんな愚かな作戦は考慮にも値《あたい》しない」

にべもなく却下され、玲は悔しさで唇を噛んだが、口を挟まずに黙って座っている仲間たちを見た。

「みんなの意見も訊《き》いてみたい」

「私の意見が絶対だ。だが、民主的に決を取ってやろう。お前に現実を見せて、無茶をさせないために。玲のアイデアに賛同するものは挙手しろ」

六人全員が床に届けとばかりに腕を下に伸ばし、そっと玲から視線を逸らした。

アルファには逆らえないから、というのではなく、彼ら自身が玲の案を拒否しているのが、断固とした肩の下がりっぷりから見てとれた。

玲の憤慨《ふんがい》をなだめるように、ニーカが口を開いた。

「お前はボリスの残虐さを知らない。あれはもう、普通じゃない。戻り狼に憑《と》りつかれて、おかしくなっちまってるんだよ。囮作戦は危険すぎる。アレクサンドルでなくても、賛成できない」

ディーマもニーカを援護した。

「俺たちはお前をボリスの目に触れさせたくもないんだ。あいつは悪魔だよ。ニコライを殺して、ヴァシーリィの腕を奪っていった。そのうえアレクサンドルの目まで……」

「ウラジーミル」

アレクサンドルに遮られたディーマが、はっとして口を噤《つぐ》んだ。

「サーシャの目？　サーシャの目がどうしたの？」

玲はアレクサンドルの目を覗きこんだ。

青い瞳にも目元にも傷跡は見当たらないが、話の流れとしては、アレクサンドルも最初の襲撃のときに目を負傷したということのようだ。いろいろ探ってくれた隼斗も、その情報は摑んでいなかった。知っていたら、玲に教えてくれただろう。

「なんでもない。私も少し怪我をしたが、もう治っている。そうだな、ニキータ」

同意を求められ、ニーカは慌てて頷いた。

「あ、ああ。ボリスは逃しちまったけど、タイドゥラのやつらのほとんどを、アレクサンドルが倒したんだ。戦闘になったとき、俺たちは爆破された建物の下敷きになって動けなかった。アレクサンドルも怪我をしていたのに、俺たちを守って戦ってくれた。俺たちのアルファはアレクサンドルしかいない。だから、レイ、戦いは俺たちに任せて、お前は隠れていてくれ。そうでないと、気が気じゃない」

「アレクサンドルの命令に従うんだ。それが一番いい」

仲間たちに口々に諫《いさ》められると、それ以上は食い下がれなかった。エリニチナヤに多大な被害をもたらしたボリスという男に対し、だんだん恐怖心も湧いてくる。

アレクサンドルの目の怪我については、彼と二人きりになったときにもう一度訊《たず》ねてみることにして、玲はしぶしぶ頷いた。

「……わかった。サーシャに従う。でも、神名火には行かない。瀬津さんを巻きこみたくないから」

「お前の隠し場所については、もう一度ハガネと話し合ってみよう。それまでは、ここにいろ。ここも安全とは言いきれないが、私たちがいるし、神名火からの増援が建物の周囲を警備してくれている」

「終わったら、真神さまにお礼を言わなくちゃね」

お世話になりっぱなしで申し訳ないという気持ちから零れた自然な玲の言葉は、負けることなどまったく考えもしていなくて、仲間たちの士気を知らぬ間に鼓舞《こぶ》していた。

守るべきものから寄せられる信頼を、狼は裏切らない。

「そうだな。吹っかけられても、渋らずにすべて呑《の》もう」

アレクサンドルは玲の黒い髪に、愛《いと》しげに唇を落とした。

首を竦《すく》めてそれを受け止めていた玲は、ふと自分の埃《ほこり》っぽさに気がついた。狼の毛皮に付着した汚れは、人型になるとある程度は落ちている。

しかし、髪や手のひら、足の裏は洗わないと落ち着かない。アレクサンドルに密着し、髪に口づけられている今はとくに。

なにげなく肘を突きだしてアレクサンドルを避《よ》けつつ、訊いてみた。

「俺、シャワーを浴びてきてもいい？」

「ああ。バスルームはそこだ。着替えを出しておこう」

アレクサンドルと一緒に立ち上がった玲を、オーリャが止めた。

「ちょっと待って。あんた、お腹は空《す》いてないのかい？　逃げてて、昨日からなにも食べてないんだろ？」

「……そういえば、お腹空いた」

玲は腹を押さえて頷いた。

今までは気が張って食欲まで気がまわらなかったが、改めて問われると、急激に空腹を感じるのだから、肉体とは不思議なものだ。

「神名火の人たちが食べるものを持ってきてくれたんだ。缶詰とかレトルトだけど、レイがシャワーを浴びてる間に用意しておくよ」

オーリャは身軽に部屋を出ていった。

玲も案内されたバスルームへ行き、アレクサンドルがどこに口づけてもいいように、頭のてっぺんから爪先まで綺麗に洗った。

アレクサンドルとバスルームが揃うと、ローマのホテルでの夜が思い出され、身体にほんのりと熱がこもる。それを冷たい水で鎮め、バスルームを出たら、ドアの横でアレクサンドルが待っていて驚いた。

「どうしたの？」

「建物の内部でも、お前を一人にしたくない。ローマのホテルでそうしたように、本当は一緒に入ってお前を洗ってやりたかったが、すぐに食事をしないといけないからな」

「……」

二人して同じことを考えていたとわかって、玲は真っ赤になった。鎮めたはずの熱が再燃しそうだ。

「可愛いな、レイ。食事よりも、お前を食べてしまいたい」

玲の顎を指先で上向かせ、アレクサンドルの顔が近づいてくる。キスされると思って目を閉じたとき、玲の腹の虫がグゥと鳴いた。

「……っ！」

唖然《あぜん》として固まったのは玲だけで、アレクサンドルは腹の虫などものともせずに、口づけてきた。

流れ去りそうになった色気の波を、強引に押し戻された感じだ。未熟な玲など、なすがままである。

舌までは絡めず、小鳥のように啄《ついば》む軽いキスを繰り返して、唇が離れた。

「行こう。みんなが待っている」

アレクサンドルに手を引かれ、みんなのところへ戻ったものの、玲は頬の赤みが気になって、なかなか顔を上げられなかった。

キスだけでこうなのだから、一緒にバスルームに入って身体を洗われていたら、挙動不審になっていただろう。一人涼しい顔をしているアレクサンドルが憎らしい。

テーブルの上に並んでいたのは、日本暮らし歴八年の玲にとっては馴染みのインスタント食品だったが、仲間たちには新鮮だったらしく、これはなんだ、あれはなんだと質問されて、アレクサンドルで埋め尽くされていた玲の頭も少しはましになってきた。

腹がいっぱいになると眠くなってくる。アレクサンドルに抱きついてうとうとしている玲を、赤ん坊返りのようだとニーカがからかった。

反論しようにも、瞼《まぶた》が半分落ちていて、頭も舌もまわらない。

ヴォルコフ家のダーチャで、仲間たちと囲んだ楽しい食卓が、目の前の光景とだぶって見えた。

アレクサンドルの温《ぬく》もり。大好きな仲間たち。還《かえ》りたかった場所。

束《つか》の間《ま》の安息とわかっていつつ、玲は幸福に満たされて眠りに落ちた。

8

ふと目を覚ますと、部屋のなかは薄暗かった。

自分がどこにいるのか、一瞬わからなくて動揺したが、アレクサンドルの匂いが玲《れい》の意識を覚醒させた。

玲はいつの間にかベッドに寝かされ、銀色のふさふさした尻尾《しっぽ》を両腕に抱えていた。毛先が顔に当たって、くすぐったい。

尻尾の持ち主は、背中を向けてベッドの端に腰かけている。

「サーシャ」

寝起きの掠《かす》れた声で呼べば、アレクサンドルが振り返った。

部屋の灯《あか》りは最小限に絞られていたが、人狼《じんろう》の瞳には充分すぎるほどで、アレクサンドルの表情も見えた。

「目が覚めたのか。まだ夜だ。寝ておきなさい」

玲の腕からするりと抜けだした尻尾が、ぽんぽんと胸元を叩いた。親が子どもを寝かしつけているような仕草である。

アレクサンドルは尻尾だけでなく、耳も狼《おおかみ》に変えていた。

神名火《かんなび》内部ではこのスタイルが通常だから、はじめはなにも思わなかったが、やがて、ロシアではこれは完全なる子ども扱いだったことを思い出した。

甘やかされて嬉しい気持ちと、子ども扱いしないでほしい気持ちがせめぎ合い、玲はつっけんどんに言った。

「俺、もう二十歳になったんだよ」

「ベッドに寝かせたときに、お前が私の尻尾を欲しがったんだぞ。抱いて寝たいと寝惚《ねぼ》けながら駄々《だだ》を捏《こ》ねて」

「……記憶にない」

「そのようだな」

身体を起こした玲が膝《ひざ》でいざり寄り、アレクサンドルの背中にぴたりとくっつくと、尻尾が音もなく消えた。耳も人型に戻っている。

両脇から腕をまわして抱きついてみれば、手のひらに引き締まった硬い腹筋が感じられた。シャツ越しでもはっきりわかる逞《たくま》しさに、玲はうっとりして触りまくった。

「こら、レイ。あまり触るな」

「どうして？」

「私が大人の雄《おす》だからだ」

「俺だって、大人だよ」

「だと、いいんだが」

アレクサンドルはため息をつき、玲の手首を摑んで動きを止めた。

「……サーシャ、さっきの目の話だけど。隠さないで教えてほしい」

少し迷ってから、玲は静かに訊《き》いた。今、訊《たず》ねるべき話題ではないかもしれないが、気になって仕方がなかった。

玲が引きそうにないのがわかったのか、アレクサンドルは玲の手首を摑んだまま口を開いた。

「ニキータが言ったように、やつらは爆薬を使って私たちを制圧しようとした。ちょうどタイドゥラのベータとガンマを仕留《しと》めたとき、爆発によって飛んできた鉄筋で目を抉《えぐ》られた。運が悪かったんだ。よほど深かったのか、傷が治るのも時間がかかったうえ、視力が戻らなかった。右目はぼやけて大きな字でないと読めず、左目は文字どころか、かろうじて明暗がわかる程度だった。人狼でもこんなことがあるのかと驚いて、落胆した。怪我《けが》をしてもすぐに治る、というのが慢心だったことを、身を以《もっ》て知った」

玲はアレクサンドルをぎゅうっと抱き締め、背中に顔を擦《こす》りつけた。

「い、今は?」

「私はちゃんと動けているだろう?　お前の顔も見えている。満月が来て獣化するたびに、少しずつ状態はよくなっていった。満月は人狼の特効薬らしい」

「……」

玲は言葉を失った。動けているとか見えているとか言っているが、つまり完全に治ったわけではないのだ。

「負傷した当時はほとんど目が見えなかったというのに、群れの仲間たちは私を新しいアルファとして認め、ついてきてくれた。新参者のミハイルが私に勝負を挑んできたが、群れ全体の安全を考えれば、当然の行動だ。弱いアルファが君臨する群れは生き残れない。エリニチナヤの未来を考えてのことだった」

「でも、サーシャが勝ったんだ」

「ああ。狼に獣化すると、人型のときより視力はましになったから、叩きのめした。以来、ベータとして私を補佐し、よくやってくれている。私は父の仕事を継ぎ、群れを建てなおすことに専念しつつ、ボリスの行方を追った。先日の二度目の襲撃があるまでに、やつらの潜伏先を見つけて、こちらから仕掛けたりもしたが、逃げ足が早く、仕留めるには至らなかった。……お前を八年も待たせたのは、私に責任がある」

「どうして？　なんの責任？」

「右目は一年ほどでかなり回復したが、左目は治癒するスピードが遅く、ものの形がわかるようになったのは最近だ。ボリスを仕留められず、片目しか役に立たない私は、守護者としては頼りなさすぎる」

「サーシャ……」

背中に張りついていた玲は、アレクサンドルの顔が見たくなって前にまわろうとしたが、アレクサンドルはそれを柔らかく拒否した。

「八年も放っておいて、なにをしていたんだと思っただろう。待たせて悪かった」

「悪くないよ。そりゃ、ずっと待ってたけど、待ちきれなくてイタリアまで飛んでいっちゃったけど、サーシャのせいじゃない。そんな大事なこと、どうして俺に教えてくれなかったの？」

「私はアルファだ。弱みは見せられない」

「俺が相手でも？」

「……お前にはとくに。私はお前の完璧なサーシャでありたい。お前が還《かえ》ってくる故郷を安全な地にしておきたかった」

玲はアレクサンドルの背中にゴンと額《ひたい》をぶつけ、涙を堪《こら》えた。

彼のそれは、アルファとしての矜持《きょうじ》、雄の見栄《みえ》とも言えるものかもしれない。玲にも見せられない弱みを、仲間たちに無防備に曝《さら》したとも思えない。

仲間たちは陰になり日向《ひなた》になりアレクサンドルを助けただろうが、彼はまずは誰にも頼らず、ひとりですべてをやろうとしたに違いない。

負傷してからの彼の七年を思うと、胸が締めつけられる。

無知という檻のなかで、ただ安全に守られていただけの自分の能天気さが憎かった。アレクサンドルは玲が寂しさで不平不満を零している間、怪我と戦い、敵と戦い、玲を守ってくれていたのだ。

謝りたくてたまらない。アレクサンドルを心配し、労《いた》わりたくてたまらなかった。でも、彼はそれを望んでいない。回復していない視力について、話題にされることさえいやがっている。

結局、なにも言えなくて、玲はアレクサンドルにしがみついていた。逞しい背中に顔を擦りつけ、両手が届く範囲で、硬く引き締まったしなやかな肉体をひたすらに撫《な》でまわした。

気持ちが落ち着いてきたとき、アレクサンドルから発情の匂いがすることに気がついて、好き勝手に動かしていた玲の手が止まった。

「……あまり触るなと言っただろう」

アレクサンドルのひそやかな声が、玲の身体を小さく震わせる。ほんの少し齧《かじ》りはしたが、全容は知らない世界に踏みこんでみたくて、玲も答えた。

「俺も大人だって、言ったよ」

「お前が大人なら、訊きたいことがある」

「なに？」

「……自分でするのを覚えたのはいつだ？　できれば、精通したときのことも」

「せいつう」

玲は鸚鵡返《おうむがえ》しに呟《つぶや》いた。意味がわからなかったのは、話題が突然変わりすぎたのと、それが初めて耳にするロシア語だったからだ。

返事を待っていたアレクサンドルは、玲がなぜきょとんとして黙っているのかを悟り、玲と向き合うように体勢を変えた。

脚を崩して座っている玲の股間を、アレクサンドルの手が覆った。

「ここから、初めて精液を出したときのことを訊いている。何歳だった？　どんな状況でそうなったのかも知りたい」

目も口もポカンと開けて、玲はアレクサンドルを凝視した。

見つめ返してくるアレクサンドルの顔は真面目そのもので、この優美で上品な男の口からそんな下世話な話が出てきたことが信じられない。

自分の聞き間違いか、勘違いを疑ったが、アレクサンドルはズボンの上から玲の性器を包みこむみたいにして手を当てている。

「な、な、なに言って……！」

「お前のことなら、なんでも知っておきたい。お前は私のものなのに、私が知らないことがあるなんて我慢できない。言いなさい」

玲の顔は赤くなり、アレクサンドルの目を見ていられずに、視線を左右に泳がせた。向けられた独占欲は嬉しく思うが、喜び勇んで白状することではない。玲にも羞恥心《しゅうちしん》はあるのだ。

なんとかして言い逃れる方法がないものか必死で考え、沈黙のなかで浅い呼吸を繰り返していたら、アレクサンドルが催促してきた。

「一晩中こうしていても、私はかまわないんだぞ。お前が正直に話すまで待ちつづける。早めに言ったほうが、お前も楽だろう」

なにがなんでも知りたいらしい。股間に当てているのとは反対の手で、玲の髪を優しく撫でながら、いっさいの妥協を許さない顔をしている。

これは逃げられないと諦《あきら》め、玲は覚悟を決めた。覚悟を決めても、羞恥が邪魔してなかなか言えず、俯《うつむ》いて口を開けたり閉じたりしたすえにぼそぼそと呟く。

「……十五のとき。あ、朝起きたら、下着、汚れてて……」

「それが初めてだったのか？」

「ん」

「驚いただろう？」

「……雄にはそういうのがあるって、教えてもらってたから、そんなには」

「誰に教えてもらった？」

アレクサンドルの声が鋭くなって、玲はびくっとなった。

「隼斗《はやと》。隼斗は俺の家庭教師だから。雄と雌《めす》の身体の違いとか、雄のそういう現象のことか、その、セ、セックス……のやり方とか。普通の子が学校で習うようなことだよ」

「下着を汚して目覚めたことを、ハヤトに言ったか？」

「言うわけない！　言えないし、言いたくないよ」

玲が思わず食ってかかると、アレクサンドルは信じてくれたようだった。あっさり頷《うなず》いて、次の質問を繰りだした。

「ならいい。一人でするときは、どんなことを考えながらしている？」

「……」

玲はまた言葉を失った。

羞恥が天井を突き抜けて、このアレクサンドルは果たして本物なのだろうかという、ありえない疑惑まで浮かぶ。

身体的成長はともかく、自慰《じい》のときの頭のなかまで知りたがるなんて、アレクサンドルはこんなデリカシーのない男だったのだろうか。

「そんな顔をするな。私はお前のサーシャだ、間違いなく。そしてたぶん、お前が考えているほど紳士ではない。私がすべての面倒をみると決めていたのに、可愛いお前の性教育を他人に任せ、性的な成長に立ち会えなかった私の悔しさもわかってくれ」

「悔しいって……。俺だってサーシャのこと、なにも知らないのに」

「知りたいのか？」

「……ううん」

少しの間考えて、玲は首を横に振った。

かつて、女の匂いをまとわせていたアレクサンドルには、いやな思いをさせられた。気にならないと言えば嘘になるが、そういう話の詳細は知りたくない。

八年前に別れたとき、玲は十二歳だった。幼すぎて性愛の対象にはならない。

では、彼はどこに慰めを求めたのだろう。襲撃や怪我もあって、アレクサンドルが享楽に耽《ふけ》っていたとは思わない。

だが、自慰をするにしろなんにしろ、彼がいっときの情欲をぶつける対象は玲ではなかったと思われる。

おもしろくない気分になってきて、玲は股間を覆ったままのアレクサンドルの手首を軽く叩いて退《ど》けさせた。

「お前は考えていることがすぐ顔に出る。心配するな。お前が人型になったときから、私はお前のものだ。十三年も待ったんだぞ。我慢強い私を労わって、お前の秘密を全部教えなさい。隠しても無駄だ。どんな手を使ってでも口を割らせるから、そのつもりで」

思わぬアレクサンドルの告白に、現金にも玲の胸がときめいた。

「人型になったときから？　俺、七歳だったのに？」

「子どものお前に欲情するほど、私は節操《せっそう》のない男ではない。お前を可愛がり、甘やかすだけで満たされるし、成長を待つという楽しみがある。お前のすべてを知ることが喜びになる。だから、言いなさい」

知られたくないことさえ打ち明けることを強要するなんて、とんだ暴君である。

それでも、玲はアレクサンドルが見せてくれた執着が嬉しかった。

八年間ほったらかしにされていたぶん、もっともっと、アレクサンドルにがんじがらめにされたい。彼がいないと息もできない身体になりたい。

玲は膝立ちになり、アレクサンドルの首に両腕をまわして抱きついた。

「べつに、隠すことなんかないよ。サーシャのことしか考えてなかったから。俺は初めて会ったときからサーシャのこと好きだったけど、子どもすぎて恋とか愛とかよくわかってなかった。でも、サーシャと離れ離れになって、いろいろ思い出したり考えたりしてるうちに、自分の本当の気持ちに気がついた。そしたらある朝、目が覚めたときに下着が汚れてた……」

「そのとき、その場にいたかったよ」

「ひ、一人では、あんまりしたことないんだ。ハーブのせいか、そういう気分になることが少なくて」

「なるほど。ハーブに頼るのも考えものだな。今後は減らしていけるように、様子を見ながら調整しよう」

「大丈夫だと思う。サーシャがいれば、ハーブがなくても落ち着いてる。サーシャがいれば、ハーブがあってもきっと興奮するよ。俺のこと、いやらしいと思わないで」

「お前がいやらしかったら、私はどうなる。言いづらいことを根掘り葉掘り訊いて、私を想って悶《もだ》えているお前を想像したら、もうこんなだ」

そう言って玲の膝に押しつけられたアレクサンドルの股間は、欲情を宿して盛り上がっていた。

首筋から香る強くなった発情の匂いが、玲の頭を痺《しび》れさせる。

「サーシャ、サーシャ」

「お前を私のものにしたい。飢えすぎておかしくなりそうだ。ローマで摘《つま》み食《ぐ》いはしたが、今夜こそ最後まで食べたい」

「食べて、全部食べて……！」

襟足《えりあし》をそっと引かれて仰向《あおむ》くと、アレクサンドルが熱っぽい瞳で見つめていた。見惚《みと》れているうちに、唇が合わさった。キスは最初から深くて、割りこんできた舌が玲の口内を舐めまわす。

舌を絡めるキスは三度目である。慣れたとは言いがたく、余裕はまったくない。

「んっ、んっ」

玲は拙《つたな》く舌を動かし、溜《た》まってくる唾液を呑《の》みこんだ。

喉《のど》まで届くのではないかと思うほど深い場所を舌先で撫でられ、奥歯をなぞられる。対応に困って震える玲の舌を、アレクサンドルはねっとりと吸いしゃぶった。

「……っ、んん……っ！」

玲の身体が無意識に揺れてしまう。

口のなかがこんなに感じるなんて、知らなかった。上顎《うわあご》を舌先で擦られると、腰を捩《よじ》らずにはいられない。

アレクサンドルはキスをしたまま、玲をベッドに押し倒した。

ボタンを外されて、シャツを脱がされる。素肌で触れ合うにはアレクサンドルのシャツが邪魔で、でも、玲にはキスをしながら相手のシャツを脱がせるスキルがないので、裾を摑んで思いきりまくり上げた。

笑って唇を離したアレクサンドルが、玲の鼻先を小さく噛んだ。

「こら、少し待ちなさい」

待ちきれないと思いつつ、玲はアレクサンドルがシャツを脱ぐのを指を銜《くわ》えて見ていた。鍛えられた肉体はどこもかしこも張りつめていて、芸術品のように美しい。

アレクサンドルは上半身だけ裸になり、次は玲のズボンに手をかけた。

長いキスで、玲のそこはすでに形を変えている。

「あっ、待って」

下着が濡れている可能性に気づき、玲は慌てて上体を起こそうとしたが、アレクサンドルのほうが早かった。

「熱くなってるな。お前の甘い匂いがする」

もがく玲の脚から、ズボンと下着を手早く取り払ったアレクサンドルは、両脚の間に身を屈《かが》めて際《きわ》どい部分に息を吹きかけた。

息が冷たく感じるのは、やはり先端が濡れているからだろう。押さえつける衣服がなくなり、自由を得たそれがどんどん膨らんでいくのがわかる。

へそや腰骨を撫でていた指に下生えを引っ張られ、玲は首をもたげてそちらを見た。

「……っ」

アレクサンドルと目が合って、息を呑む。

勃起《ぼっき》した自分の性器と、アレクサンドルの端整な顔が横に並んでいる光景に、目眩《めまい》がしそうだった。

だが、とてつもなく興奮する。

「……ふ、ああっ！」

長い指が玲の陰茎に絡みつき、玲は高い声をあげた。

それは愛撫《あいぶ》というより、硬さや手触りを確かめているようだった。根元から先端へ向けて扱《しご》き上《あ》げ、逆方向へ扱き下ろす。

括《くび》れを親指の腹でなぞり、雫《しずく》を溢《あふ》れさせる穴を人差し指の腹で撫でられる。触れるか触れないかの柔らかい刺激が、いっそう性感を高めた。

「んっ！　やっ、だめ……、いっちゃう……っ」

玲はベッドに後頭部を沈め、片腕で口元を覆った。

「かまわない。好きなときに出しなさい」

許可をもらっても、すぐに達するのは恥ずかしかった。触ってもらってから、まだ少ししか経っていない。

できるだけ堪えようと頑張ったけれど、指の輪で先端を絞り上げられて、玲は呆気《あっけ》なく陥落した。

「あ……、あ、いや……っ、んーっ」

背筋が反り返り、両脚がぴんと伸びる。膨らみきった陰茎から噴きだした精液が、腹に落ちるのがわかった。

放出の瞬間、アレクサンドルが手を離したので、玲のそれは支えを失い、ゆらゆら揺れながら二度三度と断続的に精を漏らした。

「可愛らしい声だ」

「……っ」

荒い息を吐く唇を、玲は手の甲で押さえた。快感に流されて、自分ではどんな声を出していたのかわからない。

「初めてのお前が恥ずかしがる気持ちはわかるんだが、駄目だな私は。もっといやらしいことをして、いろんな声で鳴かせてやりたくなる。やっとお前に触れられて、浮かれているようだ。浮かれた私に、幻滅しないでくれるといいんだが」

「しない」

玲の即答にアレクサンドルが笑った気配がした。

だが、本当のことだ。考えるまでもない。どんなに恥ずかしいことでも、アレクサンドルが望むなら受け入れられる。

普段は冷静沈着が服を着て歩き、怒るときは氷のように冷たい彼の、浮かれているという言葉が嬉しくてたまらなかった。

「では、今度はお前の味を教えてくれ」

吐精後の陰茎に温かく柔らかいものが触れて、玲は再度頭を上げて下を見た。

触れていたのは、アレクサンドルの舌だった。味見をするように何度か舌先で先端を舐め、ぱくりと口に含まれてしまう。

「サ、サーシャ……、なにして、あっ、ん……、やだ……っ！」

玲はアレクサンドルの頭を両手で摑み、押し退けようとした。

その途端、強く吸い上げられて、力が抜ける。放出するに任せて拭《ぬぐ》いもしなかった陰茎は精液まみれだ。

それを、アレクサンドルは味わっている。

性器が熱くなり、瞬《また》く間に力を取り戻した。褒《ほ》めるみたいに、アレクサンドルの舌が張りつめた幹を舐め擦る。

「ああ……、あ……っ」

指とはまったく違う舌の感触や動き、濡れた口内の温かさに、玲は翻弄《ほんろう》されるしかなかった。

喘《あえ》ぎすぎて口を閉じられず、アレクサンドルの吸引に合わせて、腰を上下させていることにも気がつかない。

下腹がひくひくして、尻にぎゅっと力が入る。

二度目なのに、早くも絶頂が迫っていた。気持ちよすぎて、もう我慢できない。

「はな、して……。サーシャ、お願い……、もう、だめだから……っ」

精液は口に出していいものではない。玲だって、そのくらいは知っている。

だから、声を絞りだすようにして訴えたのに、よりいっそう激しくなった口淫で返事をされた。

「あぁ……ん、や……、あー……っ！」

唇で締めつけられ、動きまわる舌に追い上げられて、玲はまた達した。

アレクサンドルはそれでも、離れなかった。精液を舌で受け止め、絶頂に震える陰茎をしつこく吸ってくる。

気がすむまで貪《むさぼ》られて、アレクサンドルがようやく顔を上げたときには、性器がふやけているのではないかと心配になるほどだった。

「うまかった。一晩中でも舐めていたい」

アレクサンドルは玲の頭のところまで伸び上がってきて、頬《ほお》にそっとキスをした。

自分の精液の匂いがする。遅ればせながら、出したものを飲まれたのだと理解し、あんなものを飲めるなんて、さすがはアレクサンドルだと変な感心をしてしまった。

同じことができるかどうか自信はないが、玲もチャレンジするべきかもしれない。

「……お、俺もする。サーシャの」

緩みきった身体を起こそうとしたら、アレクサンドルに止められた。

「気持ちは嬉しいし期待は高まるが、また今度にしてくれ。今はお前に触りたい」

アレクサンドルは玲の首筋から鎖骨《さこつ》を唇でたどり、ささやかな乳首を舌で舐めた。舌先で捏ねまわされているうちに、柔らかかったそれが少しずつ硬くなってくる。

「ふっ、く……」

くすぐったいばかりだったのが、次第に快感めいたものを捉えられるようになり、玲は身を捩った。

愛撫はときどき左右が入れ替わり、唾液で濡れた乳首を指先で転がされた。引っ張って根元を揺らされると、電流が走ったみたいになって腰が疼《うず》く。

「雄同士がどうやって繋がるか、家庭教師は教えてくれたか？」

「……うん。隼斗は俺がサーシャを好きだってこと、知ってるから」

玲は正直に答えた。

「ベッドの上でほかの雄の名前を呼ぶな」

怒られた。理不尽である。

訊かれたから答えただけなのに、と思ったものの、隼斗を妙に意識しているアレクサンドルはなんだか可愛かった。

笑いを堪えていたら、両脚の膝裏を持たれて頭のほうへ押し上げられ、浮いた尻の下に枕を敷かれた。

「う、わっ」

無防備というより、みっともない格好に笑いが止まる。

性交に使うところが、アレクサンドルに丸見えだった。獣化したときは、べつに見られてもなんとも思わないのに、人型になると、どうしてこんなに恥ずかしいのだろう。

「ここにもキスしたかった」

アレクサンドルはそう言うなり、剝《む》きだしにした秘部に顔を埋《うず》めた。

熱く濡れたものが、窄《すぼ》まりの表面を撫でている。舐められているのだ、舌で。

「やっ、やだやだ……！」

玲は尻を振って、アレクサンドルの唇を引き離そうとした。しかし、両脚を押さえこまれている状態では、数センチほどしか自由に動かせない。

ぬるぬるした舌が、襞《ひだ》を伸ばすように丁寧に舐めてくる。刺激を受けて綻《ほころ》んできた後孔に唾液を送りこまれ、尻がカッと熱くなった。

「うぅ、サーシャ……！　そんなこと、しないで、いやっ、あ、あぁ……ん」

明確な愉悦を感じて、玲は泣きそうになった。

アレクサンドルは外側だけでなく、内側まで侵略しようとしている。

舌を入れられまいとして、力んで窄まりを絞ってみたが、力を抜いたタイミングを見計らって侵入された。

「ひ……、ぅ……くっ」

驚いたあとは、身体が無意識に舌を締めだそうとしていた。

にゅるん、と舌が出ていって、ほっとする間もなく、また突き入れられる。繰り返しているうちに、舌先はどんどん深くまで到達するようになり、粘膜をも舐められた。

「あ……、あ……ぁ」

玲はもう、喘ぐことしかできなくなっていた。

玲と繋がるために、アレクサンドルはこんなことまでしてくれるのだと思うと、羞恥を上まわる快感が湧き起こり、身体が蕩《とろ》けそうになる。

「いいぞ、レイ。そうやって力を抜いていなさい」

唾液で濡らされてしっとりしたそこに、今度は指が差しこまれた。舌より細くて長く、ごつごつしている感触で指だとわかった。

「んっ、くぅ……っ！」

内壁を撫でられると、背筋がぞくぞくして鳥肌が立つ。尻がきゅうっと締まり、指を締めつけてしまう。

アレクサンドルは窄まりの縁《ふち》を舌で舐めることで、締めつけを緩めさせた。内側は指で解《ほぐ》され、外側からは舌を這《は》わされて、それがなんとも言えず気持ちがいい。

やがて指が二本に増えても、圧迫感が強くなっただけで痛みはなかった。むしろ、このあと自分を犯すもののことを考えて、気が昂《たかぶ》った。

あとどのくらいで、アレクサンドルとひとつになれるのだろう。

「……！」

内部を探る動きを見せていた指が、ある部分を掠め、玲は息を呑んで仰《の》け反《ぞ》った。

もちろん、アレクサンドルにもその反応は伝わっていて、そこばかりを何度もしつこく擦ってくる。

「ひゃっ、う、あっ……、そこ、だめ……っ」

玲は全身をくねらせ、次々に送りこまれる愉悦から逃げようとした。

二度達してうなだれていた玲自身が、三度形を変えて先走りを零している。内側を擦られているだけなのに、直接性器に触られるよりも感じていた。

腰が勝手に跳ね上がり、内壁が蠢《うごめ》いて指に絡みつく。自分の身体がここまで変わってしまったことが、信じられなかった。

「も、やめ……、おかしく、なる……から……ぁっ！」

涙を滲《にじ》ませて、玲は舌足らずに訴えた。

アレクサンドルがしてくれることならなんでも受け入れたいけれど、これは駄目だ。気持ちよすぎて、怖い。

「可愛いな、レイ。私をお前のなかに入れてくれ」

アレクサンドルの掠れた声が、玲の耳を侵食した。

頷く以外の返事など、ありえない。

指が抜けていくと、途端に後孔が寂しくなった。埋めてくれるものを求めて、窄まりがぱくぱくと口を開く。

アレクサンドルはズボンのなかから性器を取りだした。それは反り返って屹立《きつりつ》し、浮き上がった血管を巻きつかせている。

勃起している状態のものを見るのは初めてで、凝視せずにはいられない。わかってはいたが、大きかった。

アレクサンドルが玲の脚の間に腰を入れてきて、先端を窄まりに押し当てた。

「……んっ」

「怖いか？」

玲は首を横に振った。

身震いしたのは、怖さではなく期待からだ。入れるものと受け入れるところのサイズが違いすぎている気がするが、そんなのはアレクサンドルだってわかっているだろうし、彼ならきっと上手に入れてくれると信じていた。

熱の塊《かたまり》が、玲の身体を開いていく。

「ふ、く……っ」

狭いところをめいっぱい広げられているのだから、苦しかった。先端の括れた部分が入ってしまうと、少し楽になる。

だが、道のりは長い。縋《すが》りつけるものが欲しくてアレクサンドルに手を伸ばせば、彼はすぐに悟って上体を倒してくれた。

アレクサンドルの身体は熱かった。腕をまわした背中も、顔を寄せた首筋も、汗でしっとり濡れている。

されるがままに脚を開いていた玲も、そのうち、アレクサンドルの動きや呼吸に合わせて力を抜く方法を自力で学んだ。

時間をかけて、アレクサンドルが全部玲のなかに収まった。すぐには動かずに、慣れるのを待ってくれているらしい。

「あっ、あっ、すご、い……」

玲は体内の肉棒に、感覚を集中させた。

アレクサンドルとひとつに繋がっている。圧迫されて怯《ひる》んでいた肉襞に余裕が出てきて、肉棒に絡みつき始めた。

「レイ、大丈夫か？」

「平気……。なんか、よくわかんないけど、ぞくぞくする。気持ちいい……のかな」

明らかに気持ちよかったが、初体験で断言するのもはばかられて、ちょっと曖昧《あいまい》にしてみた。

「そんなに、締めつけるな」

「意識、してないから、無理……。ああ……サーシャ、動いて、お願い」

じっとしていることに耐えきれず、玲はおねだりしてしまった。

アレクサンドルが腰を引き、剛直が抜けていく。途中で止まって、ゆったりと突き入れられる。

「あ、あー……っ」

出すつもりはなかったのに、いやらしい声が出た。

抜き差しの幅は少しずつ大きく、動きも速くなっていく。やっぱり、アレクサンドルのこれは気持ちよすぎる。

サイズが合ってないと思っていたが、入れてみなければわからないものだ。太さも長さも硬さも、玲にぴったりだ。

辛抱強く慣らして挿入してくれたアレクサンドルの忍耐あってのものだとしても、こんなにうまくいくなんてすごい。

アレクサンドルは玲が快感を得ていることを知ると、遠慮なく腰を振り始めた。

「ん、ん……」

重々しい性器が玲のなかを行き来している。リズムがあったので、身体が自然と動きに合わせようとした。

だが、せっかく一致しても、アレクサンドルがそれを乱してしまう。

乱れた瞬間に襲う不意打ちにも似た快感は、玲を悶えさせた。アレクサンドルの背中に爪を立て、両脚で彼の腰を挟みこむ。

指で見つけられていた玲のいいところを、肉棒が擦った。

「あっ！　あ、あーっ」

反り返ってあられもなく叫ぶ玲を抱き締め、アレクサンドルはそこばかりを目がけて突き入れてくる。

張りだしたところで引っかけるみたいに擦られて、玲は奥歯を噛み締めた。身体が勝手にのぼりつめていく。

「あぁ、サーシャ、いい……っ、いく、いく……っ」

二人の腹の間で揉みくちゃにされていた玲の性器が、三度目の精を吐きだした。絶頂の引き金になったのは内側からの刺激である。

雄の身体はこんなふうに達することもできるのだ。

玲はアレクサンドルにしがみつき、身体をびくんびくんと跳ねさせていた。とても重くて、長くつづいている。自分の意思では止められない反応だった。

「……っ」

きつく締めつけているなかを何度か強く突き上げてきて、アレクサンドルも達した。

片手に尻を抱かれ、奥深くに熱い精液を注ぎこまれる。

恍惚《こうこつ》としてそれを受け止めていると、アレクサンドルが玲の耳をべろりとしゃぶった。

「ふぁ、あ……？」

ぞくりとして、玲は首を捻《ひね》った。

毛づくろいではない。第一、人型の耳に毛づくろいは必要ない。

アレクサンドルはぴちゃりと濡れた音をさせながら、耳のなかを舐めている。彼の肉棒はまだ玲のなかに入ったままだ。

達したにもかかわらず、大きさはあんまり変わっていない。肉襞で締めつけて確認したら、充分に硬かった。

「サ、サーシャ……、あの」

「いやなら、そう言ってくれ。お前が欲しい」

耳元でそんなふうに懇願《こんがん》されて、拒絶などできるわけがない。

アレクサンドルが律動を始めた。覚えたばかりの愉悦がよみがえり、玲の気だるい身体に熱が灯《とも》る。

玲はなにも考えず、アレクサンドルに身を委《ゆだ》ねた。

9

玲《れい》は結局、アレクサンドルたちと一緒にいることになった。

鋼《はがね》たちは、玲の居場所をボリス側に漏らした裏切り者を、突き止められないでいる。玲も考えたように、そんななかでのこのこ神名火《かんなび》に戻るのはかえって危険かもしれないと、アレクサンドルと鋼が話し合って判断した。

あれから、もう一週間が経った。

一ヶ所に留《とど》まるのは危険だということで、隠れ家も一度移動している。明日にはまた違うところへ移動する予定だった。

どこに行っても、周囲への警戒は過剰なくらいにしているし、全員が緊張状態を強《し》いられている。情報収集には神名火の人狼族《じんろうぞく》たちの助けが不可欠で、それを待つしかできずに過ぎていく時間はもどかしい。

しかし、気が置けない仲間たちと過ごし、アレクサンドルに抱き締められてひとつのベッドで眠ることに、玲は至福を感じていた。

焦《あせ》りも恐怖もあるけれど、玲が求めてやまなかったものがここにある。ひとりぼっちではないことが、玲に力を与えてくれる。

玲は非常に安定していて、隠れ家ではずっと人型を維持し、鋼が直々《じきじき》に持ってきてくれたハーブを一度も飲んでいない。

アレクサンドルが四六時中そばにいて、かまってくれているからこその安定だから、このままハーブが断てるかどうかはわからない。完全に断てないとしても、減らしていけるのは間違いないだろう。

玲はソファに座り、仲間たちからの報告を受け、見まわり交替の指示を出しているアレクサンドルを眺めた。

窓ガラス越しの午後の日差しを浴び、アレクサンドルの銀髪が輝いている。長い睫毛《まつげ》まできらきらしていて、ため息が出るほど美しい。

この凛々《りり》しく優美な雄《おす》を、念願叶ってついに自分のものにできた喜びは、どんな言葉でも言い表せない。

二人で愛し合った翌日、彼は仲間たちに玲を伴侶《はんりょ》だと宣言した。伴侶は恋人以上、雄と雌《めす》でいう夫婦と同じものである。

言われなくても、匂いや雰囲気でわかっただろうし、防音対策もなされていない隠れ家の壁では、玲のあられもない喘《あえ》ぎ声も漏れ聞こえていたかもしれない。

仲間たちは喜んでくれ、恭《うやうや》しく跪《ひざまず》いてアルファの伴侶としての敬意を玲に示した。照れくさくてたまらなかったが、祝福が嬉しかった。

「ついに、このときが来たな。レイが人型になった途端にアレクサンドルが宣言して、もう十三年か。いろいろあったが、そうやって二人が並んでるのを見られて嬉しいぜ」

「宣言って？」

にこにこしているニーカに玲が訊《たず》ねると、ニーカは表情をきりっとさせて、アレクサンドルの真似《まね》をしながら教えてくれた。

「私とレイはいずれ、つがいになる。私からレイを奪おうとするものは、誰であっても容赦《よう》《しゃ》しない。レイを悲しませたものには私が報復をする、ってさ。跡継ぎはどうするってヴァシーリィが訊いたら、レイを育てたから自分の子どもはいらない、だとよ。終始《しゅうし》真顔で怖いのなんのって、アレクサンドルに熱をあげてた雌たちも、そこまで言われたら引き下がるしかないだろ。ニコライはレイを孫みたいに可愛がってたから、そうかそうか、つがいになるかって満足そうだったけど」

玲は目を見開いて、隣にいたアレクサンドルを見上げた。

人型になった七歳半ばのとき、玲はアレクサンドルへの独占欲を自覚していたが、それがまだ恋だとは気づいていなかった。

なのに、アレクサンドルは群れの仲間たちにそんなことを言っていたのだ。子どもを産める雌には目もくれず、玲しかいらないと宣言したアレクサンドルを、ニコライ以下、群れの仲間たちも受け入れた。

玲が考えていた以上に、玲はアレクサンドルに愛されていたらしい。孤独だった日々が忘却の彼方《かなた》に吹き飛ぶほどに幸せで、単純な自分を笑った。


「レイ、おいで。少し眠ろう」

仕事の区切りがついたアレクサンドルに呼ばれ、玲は顔を上げた。

うんと頷《うなず》き、とことことアレクサンドルのそばに駆け寄っていって腕を絡める。

夜は襲撃を受けやすいので誰も眠らずに備え、日が昇ってから交替で睡眠を取るようにしているのだ。

二人が寝室として使っている二階の部屋は東向きの窓しかないので、遮光カーテンを閉めれば室内は薄暗くなった。

ベッドに上がり、アレクサンドルの懐《ふところ》に潜《もぐ》りこむ。

夜通し起きていても、玲自身は見まわりもさせてもらえず、室内でじっとしているだけなので、睡魔はそう簡単に襲ってこない。

今日の月齢は二十八、つまり新月の二日前だ。

日本に来てくれた仲間たちは全員が新月期でも獣化できる力を持っているが、満月期とは比べるべくもない。感覚が鈍り、身体能力は落ち、怪我《けが》の治りも遅くなる。

打って出ることができない今は、士気を下げず、緊張感を切らさないことが一番重要だった。人狼なら、誰しも力が弱まる新月期には戦いたくないけれど、早く決着をつけたい気持ちもある。

「ボリスたちはどこに隠れているんだろう」

「定住地を持たずに移動するから、なかなか摑めない。ロシアでもそうだった。拠点も群れの構成もいっさい漏らさない体制は、敵ながらあっぱれと言うしかない。非常に腹立たしいが。どうにか尻尾《しっぽ》を摑んでこちらから仕かけても、逃げられて追いつめきれなかった。やつらには苛々《いらいら》させられたが、今度こそ逃がさない」

「ボリスに従ってるやつらは、みんなボリスと同じ考えなんだよね。戻り狼に不思議な力があると信じてる……」

「戻り狼の伝承を書物にして残したやつらを、全員殺してやりたい。内容が妄想や願望ならただの馬鹿だが、実録なら万死《ばんし》に値《あたい》する」

「戻り狼を捕まえて、実際に試したってことだもんね。……痛かっただろうな。切傷や骨折は治るけど、牙を抜かれたら新しいのって生えると思う？」

アレクサンドルが玲をぎゅっと抱き締めた。

「恐ろしいことばかり考えるな」

「でも、気になる。牙は生えるかな？」

「……生えてはこないだろう。戦いによって牙を折った雄を見たことがあるが、獣化しても人型になっても、牙は折れたままだった」

「……」

自分から訊いておきながら、玲は泣きそうになった。

「ボリスの戻り狼への執着は相当だ。群れの犠牲を厭《いと》わないから商売目的ではなく、おそらく、戻り狼の効力で助けたいものが近い身内にいるのではないかと予想できるが、理由などどうでもいい。お前を狙うやつらは一人残らず息の根を止めてやる。それだけだ」

「俺も戦う。サーシャもみんなも、これ以上傷つけたくない」

「無理に戦わなくていい。戦闘になったら私の指示に従うこと。いいな？」

「わかった」

「今は寝なさい。いざというときに動けるように」

「うん」

なにもしていない玲の体力はむしろあり余り、さらに、ほかの人狼と違って新月期の獣化も苦にならないので、よほど元気に動けるけれど、素直に頷いておく。

玲はアレクサンドルに擦《す》り寄《よ》り、息を吸いこんだ。

嗅《か》ぎ慣《な》れた匂いが体内に満ちると不安が少しずつ消え、代わりに眠気がやってくる。逆らうことなく身を任せ、玲は束《つか》の間《ま》の休息に落ちていった。

翌日の夜、玲たちは三台の車に分かれて、新しい隠れ家へ向かった。

それぞれの車に、エリニチナヤと神名火の人狼たちが分乗している。

見張りで連携を取るうちに、双方の群れには連帯感が生まれ、お互いに片言の英語でコミュニケーションを取っているようだ。

玲とアレクサンドルは真ん中の車に乗った。運転しているのは隼斗《はやと》で、助手席にはニーカが座っている。

鋼や狩野《かりの》は、ほかの群れにボリスの協力者がいるのではないかと疑い、探りを入れてくれているらしい。

車内の空気は微妙だった。車内でなくても、アレクサンドルと隼斗が顔を合わせると、いつも寒々しく張りつめた空気が流れる。

それは双方に原因があった。アレクサンドルは、隼斗が玲の家庭教師で性教育までしたこと、アレクサンドルがいない間の玲の支えになっていたことに嫉妬《しっと》し、イタリアまで勝手に連れていったことを根に持っている。

そして、隼斗のほうも、威嚇《いかく》してくるロシアのアルファに若干ビクつきながらも、世間知らずだった玲をここまで育てたのは俺だ、という主張を隠さない。

けっこうな命知らずである隼斗は、今夜も微妙な空気を破って玲に話しかけてきた。

「瀬津《せつ》もお前を心配してる。協力したいけど、鋼に止められてて、なにもできなくて申し訳ないって言ってたよ。まぁ、鋼が止めなくても動けないだろうが」

玲は隣のアレクサンドルを気にしつつ、瀬津を思い浮かべてしゅんとなった。

「申し訳ないのは俺のほうだよ。不安なときに、こんなことに巻きこんで。食欲がなくて、体調もよくないって言ってたのに」

「それが、ちょっと元気になって食欲も戻ってるらしい。玲やみんなが大変なときに、弱々しく寝こんでる場合じゃない、食べて力をつけないといざというときに戦えない、とか言って。戦わせるつもりはないが、元気になるのはいいこと……」

隼斗の声が途切れた。

不穏《ふおん》な音を聞きつけ、全員が耳を澄ませた。車のエンジン音だ。背後から、猛スピードでこちらを追いかけてくる。

なんの関係もない人間の車が、偶然通りかかるような場所ではない。

アレクサンドルが言った。

「ニキータ、あれを足止めしろ」

「了解！」

ニーカは即座に走行する車のドアを開け、外に飛びだした。

「ニーカ！　気をつけて！」

玲は窓に張りついて後ろを見たが、車のスピードが速すぎて、あっという間にニーカから遠ざかってしまう。

後続の車からも、誰かが飛び降りたのが見えた。

「どうする？　このまま人の多いところまで走って逃げきるか、どこかで迎え撃つか」

隼斗が前を向いたまま、アレクサンドルに訊いた。

「このまま走って、ボリスが出てくるまで待つ。兵隊を何匹捕まえたところで意味はない。ボリスをつぶさなければ」

アレクサンドルの冷静な声が、そわそわする玲を落ち着かせてくれた。

今度は前方から、複数の車が走ってくる音が聞こえた。

「くそっ、挟み打ちか！」

隼斗は吐き捨てるように叫んだ。

道は二台の車がかろうじて行き交うほどの幅しかなく、かわして逃げることはできないだろう。車を停めて、外で戦うしかないのかもしれない。

「お前は獣化しておけ」

アレクサンドルに言われ、玲は服を脱ぎ、急いで狼《おおかみ》に変身した。

スピードを落として走っていると、前の車が急ブレーキを踏んだ。

隼斗もブレーキを踏んだが間に合わず、追突した。

「……っ！」

衝撃でアレクサンドルのほうに倒れこむ。

「降りろ！」

アレクサンドルが開けてくれたドアから出ようとしたとき、なにかが煙を上げながら飛んできて、爆発した。

爆風で車外に吹き飛ばされ、玲は木にぶつかった。受け身など取る余裕もなく、肋骨《ろっこつ》が折れたのが自分でもわかった。

地面に落ちて、痛みを堪《こら》えつつ目を開ける。車は三台とも炎上していた。外灯ひとつなかった暗闇の山道が、炎で赤々と照らされている。

「グルル……」

玲はアレクサンドルを探した。隣にいたのだから、飛ばされても近くにいるはずだ。

火薬、ガソリン、車が燃える臭いが充満していて鼻が効《き》かない。爆音で耳もおかしくなっていた。

銃声が響き、そこかしこで戦闘が始まっている。

玲の近くでも。

草を踏む狼の足音、唸《うな》り声が聞こえた。

身を低くして様子を見ると、銀色の狼と灰色の狼が激しく嚙み合っていた。

アレクサンドルと、灰色の狼がボリスだろう。ニコライが尻尾と片耳を嚙みちぎったと聞いていたとおり、灰色の狼の尻尾は半分の長さ、右耳は根元から抉《えぐ》れていた。

連携して倒す戦闘技術は玲にはなく、今はアレクサンドルが優位に見える。足手まといになるなら、ここで隠れているほうがましだ。

しかし、不意《ふい》に風向きが変わって、アレクサンドルとボリスの両方が、玲が近くにいることに気がついた。

闇にまぎれるはずの黒い毛皮が、炎のせいで照らしだされてしまった。

ボリスがアレクサンドルからいったん離れて、咆哮《ほうこう》した。

アレクサンドルも吼《ほ》えた。逃げろという意味で、玲は身を翻《ひるがえ》した。

後方にはニーカがいるはずだから、そちらに向かって一目散《いちもくさん》に走る。折れた肋骨が痛くて、速度が出ない。

アレクサンドルではない足音が、別方向から追いかけてきた。神名火の山で玲を襲って来た、ダークグレーの毛皮のロシア人狼たちである。

横から体当たりを受けて、玲は倒れこんだ。

「グァ……ッ」

激痛で呼吸が止まり、舌を出して喘《あえ》ぐ。

早く立ち上がらなければ。早く逃げなければ。気持ちは焦《あせ》るのに、身体が言うことを聞かない。

行こうとしていた方向から、車が走ってきた。見たことのない大きなバンだ。

運転席からロシア人らしき混血人狼が出てきて、漁で使うような大きな網《あみ》で玲をぐるぐる巻きにして拘束《こうそく》した。

抵抗しようとしたが、網の目が小さくて手も足も出ない。嚙みつこうとすれば、網の端を引っ張られるし、腹を踏みつけてくる膝《ひざ》を避《よ》けるだけで精一杯だった。

混血がバンのサイドドアを開け、生け捕りにした玲を運びこんだタイミングで、灰色狼のボリスが猛然と走ってきて、玲を押し倒すようにして飛びこんできた。

直後、ボリスを追いかけてきたアレクサンドルに、ロシア人狼たちがかかっていく。

アレクサンドルは二頭の攻撃をたやすく振り払ったが、そのわずかな間に混血がサイドドアを閉めて運転席に戻り、車をバックさせた。

前進しても、燃えている車が邪魔をして進めないから、方向転換できる道幅に来るまで、後退するしかないのだ。

バンには運転席の混血と、ボリスと玲しか乗っていない。後部座席の一部は取り払われていて、玲は床に転がされていた。

暗がりで車はフラフラし、なにかにぶつかったのか、二度ほど衝撃があった。

玲はどうにかして全身に絡みつく網を解こうとしたけれど、バンはついに広い道幅まで出て、車の頭を進行方向に向けた。スピードアップして逃げきる算段だろう。

だが、アレクサンドルはきっと追いかけてきてくれる。玲はそれを信じて、最後まで足《あ》掻《が》きつづけなければならない。

ボリスが人型に戻り、玲は憎しみをこめた目で睨みつけた。

座席の上から長い薄手のコートを取って羽織《はお》ったボリスは中肉中背で、髪はもとは黒かったのだろうが、白髪《しらが》が交じって灰色に見えた。横の髪を長めにして、耳がないのを隠している。

「ようやく……ようやく、手に入れた。七年変わりの戻り狼。私の希望、私の夢、私の悲願。これで、やっと……」

食い入るように玲を見つめていたボリスは、感極《かんきわ》まったように言葉をつまらせ、充血した目に涙を滲《にじ》ませた。

「ああ、父さん。これで俺も狼になれるんだよな？　父さんと同じ、強くて格好いい狼に！　母さんもきっと喜ぶぜ！」

運転席の混血が興奮して叫んだ。

「そうだね、グリーシャ。だが、今は逃げるのが先だ。目的地までよそ見をせずに運転しなさい」

「わかってるよ、父さん」

グリーシャは不満そうに返事をして、車のスピードを上げた。

ボリスの息子は混血。

戻り狼の効力を必要とする近い身内がいるのではないかとアレクサンドルも予想していたけれど、そのとおりだった。

重い病気や怪我で苦しむ息子を助けたいわけではなく、ただ獣化させたいという、たったそれだけの理由で、エリニチナヤと玲を狙いつづけていたのだ。

「きみには話しておくべきだろうね。自分が死ぬ理由くらいは知っておきたいだろうから。息子の母親は人間でね。あまりの美しさに一目惚《ひとめぼ》れをして、妻にした。彼女は私が人狼だと知っても、変わらない愛を捧げてくれた素晴らしい人だ」

ボリスはうっとりと彼の妻を褒《ほ》め称《たた》え、突然、鎮痛な表情に変わった。

「だが、身体が弱くてグリーシャが五歳のときに死んでしまった。彼女はグリーシャが私と同じように、狼になれるのだと信じて疑わなかった。私は永遠の眠りにつく間際の彼女に、グリーシャを必ず狼に変えると約束したんだ。グリーシャ、アレクサンドルは振りきったのか？」

「ああ。車で跳ね飛ばしてやったから」

玲はぎょっとした。

「まったく、あいつには手を焼かされた。あいつのおかげで、戻り狼はロシアにいると思いこまされて、ずいぶん長い時間を無駄にしてしまった。まさか日本にいたとは。しかし、これでようやく妻との約束が果たせるよ」

「二度目の襲撃が外れたときは泡を食ったけど、うまくいってよかったよな、父さん」

「ああ。きみのおかげだよ。せっかく上手に隠れていたのに、のこのこイタリアまでアレクサンドルに会いに行ってくれて助かった」

悦に入った声でボリスが笑うと、グリーシャが調子に乗った。

「どうして、俺たちがお前を見つけたか聞きたいか？」

玲が頷く前に、グリーシャはペラペラと話しだした。

「俺たちはアレクサンドルの動向を逐一《ちくいち》探ってた。最初の襲撃でタイドゥラは消滅して、父さんも大怪我しちゃったから、群れを新しく作るのは大変で、何年も時間がかかった。その間にアレクサンドルに逆に襲われたりもしたし。でも、今は新しい仲間を集めて、人間も混血も含めてかなりの数になってるんだぜ。みんな、戻り狼の力を欲しがってるやつらばかりだ。純血や混血がまわりをうろつけば、アレクサンドルたちはすぐに嗅ぎつけて警戒する。でも、人間だとガードが緩くなる。だって、無力な人間が周囲をうろついてても、足元でアリが動きまわってるみたいなもんだ。気にもしない。だけど、アリも頑張ったら、情報収集くらいできる」

「まぁ、気づくのが遅れて、二度目の襲撃を加えてしまったんだがね」

　ボリスが自嘲《じちょう》した。

　二人の話は主観的で、玲も呑《の》みこみは悪いほうなので理解するのに時間がかかったが、つまるところ、こういう流れだったようだ。

　何年もかけて新しい群れを作り、満を持してエリニチナヤへ二度目の襲撃を行ったときに、彼らはようやく戻り狼がロシアにいないことに気がついた。

　無駄骨を折らされて怒り狂いながら、地道に働くアリたちが摑んだ情報を確認していると、襲撃の二週間ほど前に、アレクサンドルが仕事で出向いたローマのホテルで、狼らしき獣がいたというニュースを見つけて引っかかるものを感じた。

　新聞記事やネットの情報を調べてみても、イタリアの人狼がヘマをした間抜け話には思えず、アレクサンドルと関係があるのかもしれないと閃いた。

　ホテルの宿泊名簿を探ってみれば、翌日に予定を早めてチェックアウトした日本人が二人。併《あわ》せて、アレクサンドルが出席したすべての行事を調べたところ、チャリティパーティの参加者のなかに日本の関東一円を縄張りとするアルファ、真神《まがみ》の名があった。

　パーティ会場までの移動に使ったタクシーは、狼が出現したホテルから日本人を乗せていた。

「どうしても埋まらなかったパズルのピースが、ぴたりとはまったようだったよ」

ボリスはニヤリと笑った。

「俺たちは日本に乗りこんだ。俺たちの群れには、日本語が話せるやつもいるんだぜ！偉い大学を出てる、賢いやつだ。そいつに、戻り狼をエサにして神名火の混血に声をかけさせたら、あっという間に裏切りものができた。あんまり簡単でびっくりしたぜ」

「彼も狼になりたかったんだろう、とてつもなく。忠誠心をも凪《な》ぎ払《はら》うほど、激しく」

「なぁ、父さん。その戻り狼は黒い毛皮だけど、それを被《かぶ》ったら俺も黒い毛皮になるのか？　俺は父さんと同じ灰色の毛皮がいい」

「毛皮の色くらい、我慢しなさい」

「その戻り狼は俺たちだけで使うよな？　だって、毛皮はひとつしか取れないし、獣化できるのが毛皮を被っている間だけだったら、ずっと持ってないと好きなときに変身できない。貸し借り自由とか、ありえないよな」

グリーシャが不安そうに父親に確認すると、ボリスは大きく頷いた。

「ああ、ありえない。お前だけのものだよ、グリーシャ」

「怪我も不治の病《やまい》も治るとか、寿命が延びるとか、混血どころか人間だって獣化できるとか言って仲間を増やしてきたけど、俺が独り占めしたら、あいつら怒るかな」

「はむかってくれれば、私と狼になったお前が始末すればいいじゃないか」

「いいのか、仲間を殺しても」

「お前も言っただろう、戻り狼の毛皮はひとつ。奪い合いになれば、強いものが勝ち取る。強くなければ生き残れないんだよ、狼は」

夢物語を語る親子を尻目《しりめ》に、玲は人型に戻ろうとした。

狼のままでいたら、確実に皮を剝《は》がれる。人型に戻っていれば、ひとまず殺されることはないだろう。

いかに戻り狼の玲でも、人型で死ねば死体も人型のままだ。そうだろうと信じている。

痛みはひどいし、巻きつく網は窮屈だし、親子の会話は自分勝手で不愉快で、精神集中は難しい。玲は目を閉じ、瞼《まぶた》の裏にアレクサンドルを思い浮かべた。

遠吠えする喉を、彼と話すための喉に、長距離を走れる硬い肉球を、彼の肌に触れる手のひらに、獲物《えもの》を嚙みきるための口を、彼とキスするための唇に。

身体を変化させていく。

アレクサンドルを思えば、玲はいつだって変われる。ハーブがなくても、アレクサンドルが今ここにいなくても。

「おい、なにをしている！　やめろ、戻るな！」

ボリスに何度も殴られ蹴《け》られながら、玲は変身を成《な》し遂《と》げた。

人型になると、感覚が繊細になるぶん、痛みも強く感じる。折れた肋骨だけでなく、全身が打撲傷で痛んだ。

「なんで勝手に変わってるんだ！　戻り狼なら、ずっと狼でいろよ！　毛皮を剝げないじゃないか！」

「狼に戻れ！　早く！」

運転席から振り返って叫ぶグリーシャとボリスの顔は、怖気立《おぞけだ》つほど醜い。

「……戻り狼は万能じゃない。新月期に獣化するのはつらい」

か細い玲の囁《ささや》きに、二人は鼻面《はなづら》を叩かれたみたいに黙った。

「もう一度獣化するのに、時間がかかるのか」

「……かかる。さっきの爆風で、肋骨が折れた。あれが治るまでは無理だ。獣化するだけの力が出ない」

「なんだと！　早く治せ、今すぐに治せ！　私たちにはそれほど時間はない！」

玲の渾身《こんしん》の演技に、ボリスが動揺した。

それはそうだろう。アレクサンドルを振りきることに成功しても、完全に逃げきったわけではない。地理に詳しくないグリーシャの運転で、車を乗り換えることもせずに走っていたら、すぐに追手がやってくる。

「戻り狼の伝承は昔の話で、本当かどうかもわからないと聞いた。なのに、どうしてそんなに信じているんだ?」

逆上させるかもしれないと思いつつ、玲はボリスに話しかけた。

「本当に決まっている。私は旧《ふる》い原本を読んだ。作り話などではない」

「毛皮を被れば獣化できるなんて、荒唐無稽《こうとうむけい》な話に思える」

「月の満ち欠けに影響されて人が狼に変身するのも、荒唐無稽な話だよ。人間に言わせればね」

もし、玲から剝いだ毛皮を被っても獣化できなかったら、どうするつもりかと訊いてみたかったが、彼らはその可能性をまったく考えていないようだった。

「俺は狼になれたら、タイドゥラを再興するんだ。前と同じ場所、母さんと暮らした土地に。それでアルファになる。いいよな、父さん」

グリーシャの無邪気で愚かな発言に、さすがにボリスも言葉につまった。

今まで彼らがアレクサンドル率いるエリニチナヤにつぶされなかったのは、拠点を持たずに潜伏《せんぷく》しつづけていたからだ。

玲を殺し、エリニチナヤの隣にタイドゥラを再興などしたら、一瞬で終わる。

玲でもわかるそんな簡単なことが理解できていないとは、グリーシャの頭の働きは相当鈍いと言わねばなるまい。

グリーシャはボリスがいないとなにもできない。玲はそう確信した。

ボリスを押さえこんだら、きっと逃げられる。獣化速度は玲のほうが速いから、なんとかなるだろう。

だが、この網から抜けだす方法が思いつかない。

「うわっ！　車が……っ！」

「どうした！」

ボリスが運転席と助手席の間に身を乗りだしたとき、バンがなにかと衝突してスピンした。窓ガラスが割れ、破片が降りかかる。

玲はあちこちに身体をぶつけて呻《うめ》いた。

バンが停まると、割れた窓から狼のアレクサンドルが飛びこんできて、ボリスの柔らかく無防備な喉笛に噛みついた。

狼同士なら戦闘の余地もあったのに、人型のボリスは悲鳴もあげられず、瞳を天井に向けていた。喘ぐように開いた口の端から、血が一筋流れて落ちる。

ボリスの命が消えていくのを、玲は見ていた。

アレクサンドルは玲を取り戻しに来て、そして、ついにニコライの仇《かたき》を取ったのだ。

「う、わあぁぁ！　父さんを放せ！」

衝突の衝撃とスピンでふらついていたグリーシャが、ようやく事態に気づき、銃を構えたと同時に発砲した。

「サーシャ！」

玲は絶叫した。

バンは狭く、ボリスを咥《くわ》えているアレクサンドルには逃げ場がなかった。それでも、咄《とっ》嗟《さ》に飛《と》び退《の》いて、銃弾はアレクサンドルの左前肢《ひだりまえあし》に当たった。

運転席の窓から、音もなく頭を突っこんできた狼のニーカが、グリーシャの肩を嚙んで強引に引きずりだした。

エリニチナヤの仲間たちの怒りの唸り声と、グリーシャの断末魔《だんまつま》の声が聞こえる。

アレクサンドルは絶命したボリスを放し、彼にしてはゆっくりと人型に戻って、絡みつく網から玲を解放してくれた。

「遅くなってすまなかった。なにかされたか？　怪我は？」

「お、俺は平気。サーシャが、サーシャのほうが……」

アレクサンドルの左腕が、流血で真っ赤に染まっている。肘《ひじ》寄《よ》りの二の腕を銃弾が貫通したようだ。

傷口から血がどくどくと溢れでてくる。

「血を止めないと」

玲は震える声で呟いた。

人狼の強靭《きょうじん》な肉体は損傷を受けると、すぐに治癒を開始する。

新月期は誰しも回復が遅くなり、玲の肋骨もまだ折れたままだが、今のアレクサンドルの出血は尋常ではない。

まったく止まらないのだ。だらりと下ろされた左腕の下には、ぞっとするほどの血溜まりができている。

止血の代わりに、玲は傷口の少し上を両手で掴んで、ぎゅっと締めつけた。

「なんで、なんで止まらないんだ……！」

そう言いながら、理由はうすうすわかっていた。

アレクサンドルはショックを受けている玲を気遣うように、右手で玲の頭を撫でた。微《ほほ》笑《え》んでいるが、彼の顔は蒼白《そうはく》だ。

「……銀弾だったのだろう。やつらはとことん、腐っている。だが、これで終わりだ。ボリスの仲間はハガネたちが捕らえてくれた。お前が無事でよかった」

「……サーシャ」

「私がついていながら、怖い目に遭《あ》わせて悪かった。無傷とはいかないが、エリニチナヤのみんなも無事だ」

「サーシャ！」

「そんな顔をするな。当たったのが、あ……頭や、心臓でなくてよかった」

出血しすぎたのか、だんだんと呂律《ろれつ》がまわらなくなってきている。

銀は人狼の唯一の弱点で、銀の弾、銀の刃《やいば》で傷つけられると治らない。損傷した組織から血が流れつづけて、失血死する。

それを避けるには、銀に汚染された部分を切り取る必要がある。

「レイ、私は死にはしない。片腕になるだけだ。お前の伴侶としては相応《ふさわ》しくないかもしれないが」

玲はぼろぼろと涙を零しながら、首を横に振った。

「俺はどんなサーシャでも愛してる。俺の伴侶はサーシャしかいないんだから、そんなこと言わないで……」

抱き締めたいけれど、アレクサンドルの腕から両手が放せない。泣きたくないのに、涙も拭《ぬぐ》えない。

「泣くな、レイ。お前に泣かれると、どうしていいかわからなくなる」

玲だって、どうしたらいいかわからなかった。涙を止めて、アレクサンドルのためにできることを考えなければ。

10

玲《れい》とアレクサンドルは、ボリスたちのバンを追って駆けつけてくれた鋼《はがね》の車に乗って、神名火《かんなび》の病院へ運ばれることになった。

勝利に喜ぶ仲間たちには、アレクサンドルが銀弾で撃たれたことは言えなかった。銃弾が体内に残っているから、病院で取りだしてもらうと説明している。

アレクサンドルは後部座席に座ると、身体を起こしていられず、玲の膝《ひざ》に頭を乗せた。左腕の傷はタオルで覆われて止血の処理がなされたが、出血は止まっていないようで、タオルが真っ赤に染まっていた。

病院についたら、切断することになるだろう。アレクサンドルは覚悟していて、それが最良の選択だと、事態を把握した鋼も言った。

玲はいやだった。その前に、どうしてもやっておきたいことがある。

「サーシャ、今から俺がすることを受け入れてほしいんだ。馬鹿なことかもしれないけど、なんでもいいから縋《すが》りたい」

「……なにをするつもりだ」

アレクサンドルはもの憂《う》げに瞼《まぶた》を半分だけ開けて、玲を見上げた。

玲は唾液を飲みこんで、震える声で告げた。

「お、俺の血を飲んでほしい。伝承では、七年変わりの戻り狼の生血《いきち》は、どんな怪我《けが》も病《やまい》も治すって。銀にも効《き》くかもしれない。お願いだから、飲んでみて」

「やめなさい、レイ。私たちは伝承など信じていない」

「でも、ボリスみたいに信じてる人もいる。俺も信じてなかったけど、今は信じたい。俺にその力があるって信じたい……！」

玲は爪だけを獣化させ、自分の手首を切った。

躊躇《ちゅうちょ》はいっさいなかった。すぐに治ってしまうといけないので少し強く抉《えぐ》ったら、深すぎたのか、血が噴きだした。

「レイ！　やめなさ……ぐっ」

「もう切っちゃったよ。俺のためだと思って、飲んで。気持ち悪くても我慢して。お願い、お願いサーシャ……！」

玲はアレクサンドルの口に、血が滴《したた》る手首をぐいぐい押しつけてしゃくり上げた。

伝承を一番信じていなかった自分がこんなことをするなんて、自分でも信じられない。いやがるアレクサンドルに強引に血を啜《すす》らせて、伝承が真実でありますようにと誰よりも強く祈りながら、一方で、本当は駄目なんじゃないか、こんなことをしても無駄じゃないかと思っている。

「誤解しないでね。隻腕《せきわん》のサーシャがいやだとか、そんなんじゃ絶対にないんだ。俺はサーシャならなんでもいいし、サーシャを一生支えるつもりだから。でも、サーシャのためにできることがあれば、全部やっておきたい。俺が後悔したくないだけの、自己満足かもしれないけど」

玲の手首を押し返そうとした力がなくなり、温かい舌が傷口を這《は》った。アレクサンドルは目を閉じていたが、喉《のど》が小さく動いている。

「……ありがとう」

玲は思わず、礼を言った。

吸血鬼でもあるまいに、恋人の生血など誰が好んで啜りたいだろう。自分の意思を曲げて飲んでくれるアレクサンドルの優しさに、玲の涙がまた溢《あふ》れだした。

めそめそしたくなくて、片手の甲で涙を拭《ぬぐ》い、息を整える。

「サーシャを撃った混血の雄《おす》は、グリーシャって名前のボリスの息子だった。サーシャの予想は当たってた。母親が人間の女性で、その人はグリーシャが五歳のときに亡くなったけど、息子が父親同様、狼《おおかみ》に変身するんだと信じてたんだって」

ボリスの家族のこと、なぜ彼らが戻り狼を必要とするようになったのか、また玲が日本にいることをどうやって突き止めたかなど、ボリスとグリーシャの会話で得たことを、玲は説明した。

最初はロシア語で話していたが、神名火の裏切り者についての話もあったので、鋼にも伝わるように途中からは英語に切り替えた。

アレクサンドルに吸わせている玲の手先が痺《しび》れ、冷たくなってきた。どのくらいの分量を飲ませればいいのか、見当もつかない。かといって、銃創を確認する勇気もなかった。

話すことがなくなって沈黙がつづき、時間の感覚が失《う》せかけたころ、アレクサンドルが手首から口を外そうとした。

「駄目、もっと飲んで」

「……いや、もういい。まだ血が出ているから、押さえておきなさい。ハガネ、余っている布はないか？」

アレクサンドルは上体を起こし、鋼に訊いた。

玲もアレクサンドルも、彼から提供されたローブを羽織《はお》っているだけで、ハンカチ一枚持っていない。獣化して人型に戻ると全裸の一文なしになる、というのは人狼の数少ない欠点のひとつであろう。

「こんなものしかないが」

鋼が渡してくれたタオルを、アレクサンドルが細く引き裂き、玲の手首に巻きつけて止血した。

銃弾が貫通した左腕も使っている。蒼白だった顔色に、心なしか赤みが差しているように見えた。

だが、玲は米粒ほども安心したり、期待したりしなかった。アレクサンドルは玲のためなら、死にかけていても、元気なふりをしてみせる男だからだ。

「サーシャ、どんな感じ？　駄目なら駄目って、正直に言って」

アレクサンドルは珍しく、困った顔をした。

「それが、病院には行かなくてよさそうだ。血は止まってる。そして、目までよく見えるようになった。お前の顔を見せてくれ」

「……っ！」

玲は歓喜のあまり妙な声をあげ、鋼は運転を誤り、車が蛇行して、アレクサンドルと玲は左右に揺さぶられた。

「しっかり運転してくれ。腕が生き返ったのに、交通事故に遭《あ》うのはごめんだ」

「本当に治ったのか。見せてみろ」

鋼は路肩に車を停めて降り、アレクサンドル側の後部座席のドアを開け、シートに膝をついて大柄な身体を押しこんできた。

「狭い。顔が近い。お前の顔はべつに見たくないんだが」

「タオルを取るぞ」

文句を言うアレクサンドルを相手にせずに、そう返し、鋼が真っ赤に染まったタオルを解いていく。

玲も固唾《かたず》を呑《の》んで見守った。

血を吸ったタオルはずっしりと重そうで、外側は黒く変色している。

銃創を見たのは初めてだが、肉が抉《えぐ》れた穴に血が溜まっていて、衝撃的だった。鋼もアレクサンドルもしげしげと見つめている。

「……たしかに、止まっているようだな。傷口はひどいが、細胞が回復の段階に向かっているように見える」

「じゃあ、このまま治るってことですね？　よかった、サーシャ！　俺のせいで失わずにすんで、本当によかった……うっ！」

アレクサンドルの右腕にしがみついた途端に、脇腹が痛んで呻《うめ》く。

「どうした、レイ」

「最初の爆風で吹き飛んだときに、肋骨《ろっこつ》が折れちゃって。サーシャが撃たれて必死だったから、忘れてた」

照れ笑いを浮かべて誤魔化《ごまか》してみる。

メカニズムはよくわからないが、切傷などに比べ、骨の損傷は治るまでに少し時間がかかるのだ。

アレクサンドルは数秒黙ってから、深いため息をついた。

「そんな大事なことを忘れるな。ほかにはもうないだろうな？　私に血を与えすぎて気分が悪いとかは？」

「ないよ。大丈夫」

「無理をせず、治るまで楽な格好をしていなさい。――ハガネ・マガミ、こんなところでなんだが、お前と話し合っておかなければならないことがある」

アルファの声でアレクサンドルが言い、浮かれてにやにやしていた玲は、はっとなって群れのトップに立つ二人を見た。

「おいおい、俺が玲のことや、戻り狼の伝承は真実だったと、誰彼かまわずべらべらしゃべりまくる口の軽いクソだと思っているのか」

「思ってはいない。最大限の協力をしてくれたお前には、心から感謝している。傷つくことを恐れず、我々とともに戦ってくれたお前の勇敢な仲間たちにも。だが、レイに関することは早急に話し合い、正式に決めておくべきだ。私の伴侶《はんりょ》を守るために必要なことだと考えてくれないか」

鋼が体勢を変え、後部座席に強引に座った。アレクサンドルが真ん中に押され、ついでに玲も押されて肩がドアに当たった。

ぎゅうぎゅう詰めである。車内密度は同じなのに、空気が薄くなった気がした。

「お前の気持ちはわかる。戻り狼の伝承は、少なくとも血液に関しては本当だった。しかも、銀にも打ち勝つとなれば、玲はまさに純血、混血、人間をも含め、すべての希望になったわけだからな」

「それを知っているのは、ここにいる三人だけだ。お前がそうなるように指図《さしず》した、と思ったが、違うか」

そういえば、と玲は思いだした。

ボリスのバンのドアを開けて入ってきたのは鋼だけで、彼は自《みずか》らアレクサンドルに止血の処置をし、裸の二人にローブを渡すと、運転席に転がっていたグリーシャの銃と、アレクサンドルの腕を貫通した銀弾を後部座席のシートのなかから見つけだし、タオルに包んでこの車に乗せた。

つまり、アレクサンドルが銀弾で撃たれた証拠を隠滅《いんめつ》している。恐ろしいほどの手際《てぎわ》のよさで。

「どうしても仕留《しと》めたい相手に、銀を使うのは定石《じょうせき》だからな。予想の範囲内だし、対処も難しくない。そして、俺の妻は玲と仲がいい。妻は玲には特別な力があるから、伝承は本当のことかもしれないと二年以上前から言っていた。だから、自分の血を飲めと玲が言いださなければ、俺が言うつもりだった。一度試してみろと」

「特別な力とは?」

「非常に抽象的だ。玲といると、苛立《いらだ》っていても穏やかな気分になったり、悪かった体調が回復したりするという。うまく言えないが、正しくないもの、マイナスになっているものを、正常に戻す効果があるような気がするらしい」

瀬津《せっ》が考え考え伝えたのだろう言葉を、鋼は玲に聞かせるために優しい声で言った。

「気のせいではないのか」

対照的に、アレクサンドルの声は硬い。

「そうかもしれん。切断するしかないと思われたお前の怪我を治したのも、目がよくなったとか言ってたのも、きっと気のせいだろう。ところで、俺は俺の子を宿している最愛の妻に、最高級のものを贈りたいと考えているんだが、なにがいいと思う？」

「……ウラルの鉱山をひとつ譲渡しよう。上質のダイヤモンドが採れる」

鋼が機嫌よく笑った。

「太っ腹だな、アレクサンドル・ヴォルコフ。では、その件についての詳細は後日に。玲の件は書類には残さない。だが、戻り狼の伝聞が広がるのを阻止し、噂《うわさ》は消す。ボリスと接触したもの、影響を受けているものは見つけ次第、処分する」

「日本国内でのことなら、お前の判断に任せよう。念のため、報告を入れてくれ。処分後でもかまわない」

「わかった」

「レイを預けた先が、お前のところでよかった。レイはエリニチナヤに連れて帰る。世話になった」

「あの、真神《まがみ》さま。本当にありがとうございました」

アレクサンドルにつづけて、玲も鋼に礼を言った。

鋼、瀬津、隼斗《はやと》、狩野《かりの》、神名火のみんなには本当によくしてもらった。玲の心はいつだってアレクサンドルとエリニチナヤにあって、神名火はかりそめの宿だという意識が強く、心から打ち解けられたのは隼斗と瀬津しかいなかった。

そんな玲を、鋼は仲間として扱い、守ってくれたのだ。エリニチナヤから神名火に捨てられたのだと思いこんで、拗《す》ねていた自分が恥ずかしかった。

「礼には及ばない。アルファは仲間を守り、約束を守る。こちらも玲がいてくれて助かったから、お互いさまということにしておこう」

鋼はそう言い、後部座席を出て運転席に戻り、携帯端末を取りだしてなにやら操作をしたあと、車を発進させた。

夜が白々と明けてきたころに、玲が暮らす神名火のマンションの駐車場についた。車を降りると、数台向こうに停めてあった車から、瀬津が大きな荷物を持って走りでてきた。

「鋼さん……、玲！　ああ、玲、よかった！　どうしたこの手首は！　肋骨を折っただけじゃなかったのか」

「だ、大丈夫です。たいしたことないです」

瀬津の勢いに押されながら、玲は手首のタオルを取ってみせた。自分で抉った傷はすでにふさがっているし、折れていた肋骨も車に乗っている間にだいぶよくなっていた。

「ここじゃなんだから、玲の部屋に行こう。鍵は瀬津が持ってる」

鋼に促されて、四人は玲の部屋に向かった。瀬津の大きな荷物は、怪我の確認をしている間に鋼の手に移っていた。

「これ、合鍵をもらってきたんだ」

瀬津から鍵を渡されて、部屋のドアは玲が開けた。

一週間ほど留守《るす》にしていたので、空気が淀《よど》んでいる。玲はリビングの空気清浄機のスイッチを入れた。

部屋に入ると、鋼と瀬津は日本人狼族の伝統ある作法に従い、狼の耳と尻尾《しっぽ》を出した。玲も八年暮らした習慣で同じ姿になると、アレクサンドルも真似《まね》をした。

狼と暮らすなら狼のように吠えろ——郷《ごう》に入《い》っては郷に従え、というロシアの諺《ことわざ》——で、そうすることで鋼たちを尊重しているのだ。

初対面のアレクサンドルと瀬津が、鋼の紹介で挨拶《あいさつ》をかわした。

俺の妻には指一本触れるなよ、という顔で鋼がアレクサンドルを睨んでいるので、握手はなしだ。

鋼の独占欲については、瀬津から何度か愚痴《ぐち》を聞かされたことがあるが、これがそうかと玲は納得した。

「お茶を入れてきます」

瀬津はキッチンに行きかけた玲を引き止めた。

「いいよ、俺たちはすぐに帰る。鋼さんから、二人をうちで休ませようってメールが届いたんだけど、玲は自分の家のほうが落ち着くんじゃないかと思って。鋼さんと会うとき、玲はいつも緊張してるし、アレクサンドルさんと二人のほうが気を使わなくていいだろう？　怪我したって聞いたから、一応救急キットと、アレクサンドルさんの着替えとか、サンドイッチとかもつめてきた。お腹が空《す》いたら食べて」

鋼が携帯で瀬津にメールをしたから、行き先が玲のマンションになり、鍵を含めて必要なものを瀬津がここまで届けてくれることになったのだとわかって、玲は拝みたいくらいに瀬津に感謝し、尻尾を振りまくった。

アレクサンドルさん、という言い方がやけにツボにはまって笑いそうになったが、ぐっと堪《こら》える。

「それから、狩野さんから連絡があって、エリニチナヤの人たちは隠れ家にしてた不在地監視用の建物で休むことを選んだそうです。食事や着替えはもちろん、必要なものがあれば用意するので遠慮なく言ってほしいと伝えています」

瀬津が鋼に報告した。

「そうか。怪我をしているものは？」

「神名火、エリニチナヤ双方で、かなり。新月だから治りは遅いけど、時間さえかければ、全員自力で治癒できるみたいです」

瀬津の日本語を、玲がロシア語に通訳してアレクサンドルに伝えると、安心したように頷いた。

「とにかく、今はゆっくり休め。なにかあったら、連絡しろ。隠れ家への連絡先もこれに入っているから、使え」

そう言って、新しい携帯端末をアレクサンドルに渡し、鋼と瀬津は帰っていった。

アレクサンドルはさっそくそれを使って、仲間たちに連絡を入れた。電話の向こうから、ニーカの元気な声が飛びこんでくる。

レイはそこにいるの？　というオーリャの声も聞こえたので、玲はアレクサンドルが耳に当てている携帯に口を寄せ、

「いるよー！　俺は元気だよ。みんな、ありがとう！」

と叫んだ。

今後の行動についていくつか指示を出し、アレクサンドルは通話を終わらせた。別行動をする原因となった腕のことはなにも言っていない。

急激に不安に襲われて、玲はアレクサンドルの左手をそっと握った。

「サーシャ、腕の傷を見せて。みんななにも言わなかったのは、なんで？　もしかして、治ってないんじゃ……」

アレクサンドルは薄く微笑《ほほえ》み、右手で玲の頭と耳を撫《な》でてから、左腕のローブの袖をまくり上げた。

「違う。なにも問題がないからだ。すぐに治る傷を、わざわざ報告する必要はない」

銃痕は車で見たときよりもさらに回復していて、あと少しでふさがりそうだった。

「よかった」

そうとしか言えなかった。

死ぬほど嬉しいのに現実感が乏しく、止まらない血を見て呆然《ぼうぜん》としたこと、藁《わら》にも縋る思いで自分の血を飲ませたことが、遠い世界で起こった他人事《ひとごと》みたいに思えてくる。

「お前も疲れたろう。シャワーを浴びて、ハガネの妻が持ってきてくれたサンドイッチを食べて、とりあえず休もう」

「うん」

玲はおとなしく頷いた。

アレクサンドルと一緒に、八年暮らした自分の部屋で襲撃を警戒することなく眠れるのだと思うと気が抜けたのか、これまでの疲労がどっと押し寄せてきた。

二人は交替でシャワーを使い、腹を満たして、仲よく玲のベッドに入った。

小柄な玲が一人で寝るためのベッドはアレクサンドルには小さすぎて、彼は玲を抱き枕のように腕に抱え、背中を丸め、長い脚を曲げてどうにか収まった。

「狭くてごめん」

「お前の匂いがして落ち着く。ここで過ごした八年間を、あとで私に教えてくれ」

玲はアレクサンドルの匂いに包まれて、落ち着きながらも興奮していた。

疲れたと感じていたが、汚れを落としてさっぱりし、空腹の胃が満足すると、現金なことにべつの欲望が頭をもたげてくる。

シャワーの湯が温かくて気持ちよかったせいか、肋骨もすっかり治ってしまって、欲望にセーブをかけられる要素がない。

心持ち、玲は腰を引いた。二人とも裸で、触れていたら変化が誤魔化せない。

アレクサンドルは玲以上に疲れているはずだった。ボリスと戦い、玲が連れ去られたあとはバンを追いかけて走り、神名火からの救援の車と連携を取って、玲を奪還する機を狙っていたと、サンドイッチを食べながら、彼は簡単に説明をしてくれた。

ハムと卵を焼いてハムエッグを作ったよ、みたいな軽い言い方だったが、バンは相当な距離を走っていたし、速度も出ていたので追いかけるのは大変だっただろう。

そのうえ、銀弾に撃たれて大量に血を失い、玲の血を飲まされて復活した。

腕の傷は、皮膚が引《ひ》き攣《つ》れている程度にまで治っていたが、数時間でこんな目まぐるしい変化があって疲れないわけがないのだ。

「俺の八年なんて、サーシャに会いたいってことしか、頭になかったよ。目がよく見えるようになったって言ってたけど、あんまり見えてなかったの？」

アレクサンドルが大丈夫だと言うから、今まで訊《き》けなかったことを、玲は訊《たず》ねた。

顔を上げてアレクサンドルの目を真っ直ぐに見つめると、彼も見つめ返してくれる。

「完治を百とすると、右目は六十くらい、左目は二十くらいだった」

玲は思わず、絶句した。考えていたよりもかなり悪い。そんな状態で動きまわり、それを玲に悟らせなかった精神力に感嘆してしまう。

「お前の顔をはっきり見られるようになるには、あと三年はかかると思っていた。ぼやけた目でも、お前が綺麗なことはわかっていたが、改めて見ると本当に綺麗になったな。レイ、私の可愛いレーニャ」

愛《いと》しげな瞳でアレクサンドルに見つめられ、玲は赤面した。

「よ、欲目もいいとこだよ。綺麗なのはサーシャのほうだし。……でも嬉しい。俺もサーシャのことを知りたい。俺の八年とサーシャの八年を混ぜて、ひとつにしたい」

「私を知りたい？　なら、探検してみるか」

「いつ？」

「今からでも」

アレクサンドルの声音《こわね》が変わり、引いていた玲の腰をぐっと引き寄せた。下肢が密着して、自分のものではない熱が伝わってくる。

「……し、したい、探検したい。触って舐めて、吸ったり噛んだりしてもいい？」

「かまわない。私もお返しをする」

「サーシャ、大好き……！」

たまらなくなって、玲は身体を擦《す》り寄《よ》せた。

初めて愛された夜以来、セックスはお預けを食らっている。いつ敵襲があるかわからなかったからだ。

そもそも、最初の夜だって襲撃の危険はあったのだが、アレクサンドルがどうしても我慢できなかったらしい。アレクサンドルであっても、理性で抑えつけられないものがあり、それが玲だというのは、非常に気分がよかった。

あれから、ほぼ一週間ぶりのセックスだ。

「俺が先だからね。俺から探検するから」

玲は布団《ふとん》を跳ね落とし、いそいそとアレクサンドルの腹の上に乗り上がった。

真上から上半身を見下ろす。完成された雄々《おお》しい肉体である。滑《なめ》らかな肌は美しく、その下で張りつめている筋肉は惚《ほ》れ惚《ぼ》れするほど逞しい。

肩、胸、腕を手のひらで撫でまわしてみた。手触りも極上だ。

「くすぐったい。ずっと撫でているつもりか？」

アレクサンドルの手が玲の尻をきゅっと摑んで揉んでいる。時間をかけていたら、すぐに交替を申し渡されそうだ。

「探検隊の活動はこれからだよ」

四《よ》つん這《ば》いになって足元のほうへずり下がっていけば、アレクサンドルの手は自然に離れた。

玲はアレクサンドルの股間に見入った。髪と同じ銀色の下生えの下で、肉棒が半ばほど勃ち上がっている。

初めて抱かれたときは、挿入の前に見たくらいで、じっくり観察したり触れたりする暇もなかった。

声もなく見つめていると、それがむくりと膨らんだ。

「大きくなった」

「お前が見ているからな」

「見てると大きくなる？」

「触ったら、もっと大きくなる」

甘い声に唆《そそのか》されて、玲はアレクサンドル自身に手を伸ばした。

まずは人差し指で先から根元に撫で下ろす。たったそれだけで肉棒はぐんぐんと育ち、先端が天井を向いた。

「本当だ、大きくなった。……熱くて、硬い」

そっと手のひらで握りこんだ感想を述べる。玲にも同じものがついているが、長さも太さもまったく違う、べつの器官のようだ。

目を離さずに、ゆっくりと擦ってみた。手のひらにも幹にも潤いがないので、思ったほどスムーズに動かない。

玲は背中を丸め、唇を近づけた。

「レイ。無理はしなくていい」

なにをしようとしているか悟ったアレクサンドルが、玲の頭を撫でて言った。

「無理じゃないよ」

アレクサンドルが玲にしてくれたことだから、自分も彼にしてあげたい。それに、感触や味に興味もあった。

ぺろりと先端を舐めれば、びくりと腰が動いた。アレクサンドルの反応を引きだしたくて、何度も舌でねぶって濡らし、思いきって口に含む。

「んん……っ」

玲の人生で、こんなに大きなものを咥《くわ》えたのは初めてだった。

歯を立てないように気を使うし、顎《あご》が痛くて苦しい。狼のときの自分の口を知っているだけに、人型の口は小さくて不便だなと思う。

それでも、ちょっとしゃぶってもうおしまい、なんて大人の探検隊が中途半端なことをするわけにはいかないので、玲は頑張った。

苦しくなれば口から出して舌と手で愛撫《あいぶ》し、落ち着いたらまた咥える、というのを繰り返しているうちに、こつのようなものが摑めてきた。

舌をどのように動かし、どのタイミングで吸い上げればアレクサンドルが反応するか、探っていくのは楽しい。

「ふっ、ん……、んぅ、んっ」

先端の穴から滲《にじ》みでる、唾液とは違うしょっぱい味も舌で舐め取って味わった。

もし、アレクサンドルが玲の口で達してくれるなら、受け止めたかった。人が射精する瞬間というものを、玲もじっくりと感じ取ってみたい。

しかし、それは次の機会に持ち越しとなった。

「……レイ、そろそろ交替だ」

低い声で囁《ささや》いたアレクサンドルは、流れるような動作で身体を起こした。

肉棒を取り上げられ、ぺたりと座りこんで口元を拭《ぬぐ》っていた玲は、背中を押されて前のめりに倒れ、尻だけを高く掲げさせられた。

アレクサンドルはちゃっかり尻の後ろに陣取っている。

両手で尻朶《しりたぶ》を揉まれて、上下左右に捏《こ》ねまわされた。中心にある窄《すぼ》まりも連動して引っ張られ、玲は顔をシーツに擦りつけた。

「はっ、は……っ」

期待が高まって、息も荒くなる。

触れてもいないのに完全に勃起している陰茎から、先走りがとろとろ零れ、シーツを濡らした。

「可愛らしいな。これからはお前のここに毎日キスをしよう。抱き合うときも、そうでないときも」

「……！　や、やだ……あっ、あっ、あぁっ」

勝手な宣言をしたアレクサンドルが早速そこにキスをしてきて、玲は卑猥《ひわい》な声で喘《あえ》いでしまった。

抱き合うときはまだしも、そうでないときにキスをするのはやめてほしい。表面を舐めまわされ、窄まりのなかに舌を入れられ、内側の肉襞《にくひだ》まで舐められたら、身体が燃え上がってキスだけでは我慢できなくなる。

玲は腰をくねらせた。

たっぷり舐められて腫《は》れぼったくなった後孔に、長い指が入ってくる。

前回は仰向《あおむ》けになって、蛙《かえる》がひっくり返ったみたいな恥ずかしい格好でそうされた。体勢が違うと感じ方も違うのだと、玲は初めて知った。

玲のなかのいいところを、アレクサンドルはすでに知っている。指の腹で丁寧に、玲が咄嗟《とっさ》に逃げるのを許さずに、しっかりと擦ってきた。

「あっ、ああ……んっ！」

柔らかく緩んだ肉襞が、指に絡みついていく。もの足りないと思った。

指より太く長いもので玲のなかを満たしてほしい。指では届かないところを、硬いもので擦り上げてほしいのだ。

早く、早く、と念じたのが伝わったのか、指が抜けて待ち望んだものが後孔にあてがわれた。

大きな肉棒はすんなりとは入らないが、狭い肉を少しずつ押し広げながら侵入してくる。痛みを感じても、馴染《なじ》めばすぐに快感に取って代わった。

「んんっ、く……ふっ」

奥まで入ると、アレクサンドルが上体を伏せて玲の背中に覆い被さってきた。片手をシーツについているので、重くはない。

軽く突き上げられて、重なった身体が揺れる。

人型なのに、まるで狼の交尾をしているようだった。

感覚が鋭敏になり、体内に収めた肉棒の形がはっきりわかる。えらの張ったところが内壁を容赦《ようしゃ》なく抉って、玲を追い上げていく。

「あ……、あ、だめっ、俺、もうだめ……！」

「いきそうか？」

玲は首だけで頷いた。

アレクサンドルの動きが速くなる。抜いては入れるの繰り返し。単調だが、それがよかった。

焦《じ》らされたら、悶《もだ》え狂《くる》って泣き叫んでしまいそうだ。

「い、いく……、サーシャ、サーシャ……、……っ！」

愛しい男の名前を呼びながら、玲は陰茎への刺激もなしに達した。

ぎゅっと収縮した肉筒に締め上げられたアレクサンドルが、絶頂にわななく玲の最奥《さいおう》を突き上げてきて、熱い精液を迸《ほとばし》らせた。

「んんーっ」

しゃくるように動く肉棒と、奥を濡らされる感触に翻弄《ほんろう》され、玲はシーツを掴んで身悶えた。

抱かれるごとに、自分の身体がアレクサンドルに馴染んでいく。そのうち、尻にキスされただけで絶頂に至りそうで怖い。

だが、アレクサンドルがそれを望むなら、そうなってもかまわない。

狼スタイルの交尾を解き、今度は正面から抱かれながら、玲はうっとりと蕩《とろ》けた。


抱き合って眠り、目が覚めると夜中だった。

携帯端末には誰からのメールも着信もなく、二人はこのまま翌朝までベッドで過ごすことにした。

「いつロシアに帰る？」

アレクサンドルの腕枕でほくほくしながら、玲は訊いた。

「ハガネと仕事の件で話があるから、早くて明後日《あさって》か明々後日《しあさって》か。長引きそうなら、ニキータたちは先に帰すことになるだろう」

「俺は？」

「お前はつねに私と一緒だ。ようやくお前と暮らせる」

アレクサンドルは玲の額《ひたい》や鼻先にキスを落とした。

「でも、サーシャのアパートって……」

「新しいところを見つける。いろいろ壊されたから当分は忙しいが、お前がいれば楽しくやれそうだ。あと、ユウイチロウもエリニチナヤに呼び戻そう」

薄情にもすっかり忘れていた父のことを、玲は思いだした。

「そうだね。もう、父さんにも会えるんだ。サーシャのアパートが爆破されたとき、父さんが様子を見に行ってくれたらしい。何年も俺のためにずっとハーブを送ってくれて、お礼を言わないと」

「ハーブなしでも、コントロールできそうか？」

玲は少し悩んだ。

「満月期が来ないと、はっきり言えない。満月期はハーブを飲んでも駄目だった。でも、人型でいられるように頑張るつもり。サーシャと一緒にいたいし、俺も働いて群れの役に立ちたいから」

ベータのミハイルはアレクサンドルの秘書として、仕事を補佐している。鋼の妻の瀬津は秘書ではないが、鋼の仕事を理解し、自分ができる範囲で夫に協力している。

玲もそうできるようになりたかった。必ず大丈夫だという確信が持てないと、玲はアレクサンドルと一緒に外に出かけることさえできないのだ。

複雑な人間の仕事を手伝えるほど頭はよくないし、機転も利《き》かないけれど、それでもアレクサンドルの近くにいて彼を支えたい。彼の悩みを共有し、喜びを分かち合いたい。

そのためなら、どんな苦痛も乗り越えてみせる。

「サーシャの伴侶だって、胸を張って言えるようになりたい」

セックスの疲れを滲ませながら決意を語る玲はすっかり大人の表情で、自分では気づいていなかったが、息を呑《の》むような色気があった。

「レイ……、お前は健気《けなげ》で可愛すぎる。思わず、勃《た》ってしまった。好きだ、レーニャ。愛している。本当に可愛すぎて困る」

「……勃っ？　サ、サーシャ……！」

思いきり抱き締められ、絡まり合った脚の間で、アレクサンドルが自己申告したものがたしかに熱を持って硬くなっている。

なぜそうなったのかよくわからないが、嬉しいのは確かだった。玲は拙《つたな》い動きで、腰を擦り寄せた。夜が明けるには、まだまだ時間がある。

「ようやくボリスたちは仕留めたが、戻り狼の伝承は秘密でもなんでもない。また、いつなんどき、お前を狙うやつらが現れるともわからない。ロシアは安全な地とは言えないが、もうお前を離したくない。必ず守るから、私のそばにいてくれ」

「俺はもう絶対にサーシャと離れない。なにがあっても。それに、俺がいて、危険に巻きこまれるのはみんなのほうだよ。俺が生きてるかぎりは」

「お前は私を救い、アルファを失わずにすんだエリニチナヤを救った。どちらが危険か、という問答はもう終わりだ。私とお前は離れられないのだから、折り合いを見つけてやっていくしかない。今後はなにも起こらないことを祈ろう」

「うん」

「心のなかではずっと感謝していたんだが、私はお前にきちんと伝えたかな？　お前のおかげで助かった。ありがとう」

玲は泣きそうになった。アレクサンドルの両腕が、玲を力強く抱き締めている。

「俺、戻り狼でよかったって、生まれて初めて思った。伝承の力が俺にあって、本当によかったって。戻り狼は幸運を呼ぶ、っていうのも本当なら、俺が呼ぶよ。一生サーシャのそばにいて、サーシャを幸せにする」

「お前と出会ったときから、幸せだ」

「……！」

アレクサンドルの返事が嬉しくて、玲は辛抱たまらず、尻尾を出してぱっさぱっさと振りたくった。これでも、獣化して走りまわらないぶん、成長している。

「尻尾と耳を出したままするのも、いいかもしれないいな」

アレクサンドルはそう言って、銀色の立派な尻尾と耳を出した。

人の皮膚に獣の毛が触れるのが心地いい。

近づいてきた唇を受け止めるために、玲は目を閉じた。

あとがき

　こんにちは。花丸文庫さんでは二冊目の本になります。お手に取ってくださり、ありがとうございます。

　この話は前作、『狼の妻籠《つまご》み』のスピンオフになりますが、もちろんこれだけでも読めますので、ご安心ください。

　なんでいきなりロシアに飛んだかというと、次回作の話だけど『狼の妻籠み』と同じ舞台設定で違う話を書いてもいいですよ、というありがたいお話をいただきまして、神名火《かんなび》の狩野《かりの》とか隼斗《はやと》の話でもいいし、日本だけじゃなく外国の人狼族《じんろうぞく》を新しく出してもいいし、おもしろければなんでもいいです、とおっしゃった担当さんがポロッと、「ロシアとかアメリカの人狼とかでも大丈夫ですよ、たぶん……」と漏《も》らしたのがきっかけです。

　なにがツボったのか自分でもわからないんですが、「ロ、ロシアー！　ロシアの人狼ですか！　ロシア人の攻め……冷酷でデキる雄《おす》の匂いがする。絶対銀髪ですよね。ロシアでいきます、ロシアで」と鼻息荒く食いついてました。

一応、ティアーモとか言いながら情熱的に受けに迫るイタリア人狼や、ジュテームシルヴプレなフランス人狼、プリンシペなスペイン人狼も考えてみたけど、ロシア人狼が心を摑んで離さなかったので、サーシャができました。

サーシャもプロットの段階では、前作の真神鋼《まがみはがね》がアレだったので、紳士的で変態の臭いが欠片《かけら》もしない冷たくストイックな攻めを目指したつもりだったのに、蓋《ふた》を開けてみたらあんなことに……。玲《れい》の前では心の棚にしまっておいたはずの変態が顔を出すようです。

前作主人公の真神と瀬津《せつ》もちょこっと出てきますので、前作を読んでくださった方はあわせて楽しんでいただけると嬉しいです。

そして、沖銀《おきぎん》ジョウ先生、前作に引き続きイラストを引き受けてくださってありがとうございました！　髪と耳と尻尾《しっぽ》がフワモフ仕様の玲がすごく可愛くて、見下した感じの（笑）サーシャも性格が出ていてぴったりです。帯の下に隠れる部分も盛りだくさんで萌《も》えました！

最後になりましたが、読者のみなさま、ここまで読んでくださってありがとうございました。またどこかでお目にかかれますように。

二〇十三年十一月　　高尾理一《たかおりいち》

Hanamaru Bunko

作家・イラストレーターの先生方へのファンレター・感想・ご意見などは
〒101-0063 東京都千代田区神田淡路町2-2-2
白泉社花丸編集部気付でお送り下さい。
編集部へのご意見・ご希望などもお待ちしております。
白泉社のホームページはhttp://www.hakusensha.co.jpです。

白泉社花丸文庫
狼の嫁迎え

2013年12月25日　初版発行

著　者　　高尾理一 ©Riichi Takao 2013
発行人　　藤平 光
発行所　　株式会社白泉社
〒101-0063 東京都千代田区神田淡路町2-2-2
電話 03(3526)8070(編集)
03(3526)8010(販売)
03(3526)8020(制作)
印刷・製本　図書印刷株式会社
Printed in Japan　HAKUSENSHA　ISBN978-4-592-87720-2
定価はカバーに表示してあります。

好評発売中　花丸文庫

★百五十年待ち続けた、運命の恋――。

天狗恋雪譚

ゆりの菜櫻　イラスト＝沖銀ジョウ
●文庫判

大財閥の御曹司・春雪は雪女の一族。病弱な彼を守る陰陽師にして天狗の頭領である天翔は、春雪を「運命の相手」と言い、強引に契りを結んでしまう。その一方、春雪の前世の記憶が徐々に蘇り…!?

★俺の本能が、お前を捕まえろと叫んでる！

狼の妻《つま》籠《ご》み

高尾理一　イラスト＝沖　銀ジョウ
●文庫判

大学生の瀬津は、実は満月の夜に狼へ変身する人狼。もう一つの重大な体の秘密のため、同じ仲間からも隠れて暮らす瀬津の匂いに惹かれ、人狼族のボス・真神が彼の肉体を強引に暴こうとするが…!?